UN MONDE SAUVAGE

XAVIER-LAURENT PETIT

UN MONDE SAUVAGE

MÉDIUM
l'école des loisirs
11, rue de Sèvres, Paris 6e

Loi n° 49.956 du 16 juillet 1949 sur les publications
destinées à la jeunesse : mai 2015
Dépôt légal : juin 2021

ISBN 978-2-211-23685-0

À Simon et au petit Marcel,
pour qui c'est encore un peu tôt

À Matthis, qui fréquente
les grands fauves au quotidien

Mille mercis à John Vaillant et à Peter Matthiessen pour leurs passionnants récits, Le Tigre, *une histoire de survie dans la taïga, et* Tigres dans la neige. *Sans eux, cette histoire n'aurait jamais vu le jour.*

Tapie sous les arbres, la bête guettait.

Voilà longtemps qu'elle n'avait rien mangé, longtemps qu'elle ne humait que l'odeur fade du froid et de la glace, mais la faim aiguisait sa patience. Elle savait attendre... Et ce matin-là, le jour neigeux qui se levait sur la taïga lui avait enfin apporté le fumet presque indécelable d'un daim.

La bête avait alors fait un long détour pour arriver à contrevent et, de loin, entre les troncs gris des mélèzes, elle avait observé l'animal et ses efforts inutiles pour atteindre l'herbe gelée, enfouie sous la neige. Son haleine fumait dans l'air glacé et les tremblements de son corps trahissaient sa faiblesse.

Les flocons lourds et serrés recouvraient peu à peu les neiges précédentes. Il ne restait qu'un silence cotonneux, à peine troublé par le bruissement des branches et le bruit feutré du daim qui s'obstinait en vain.

La peau parcourue de frissons et le museau ruisselant de glace, il s'était finalement reporté sur les écorces d'un bosquet de bouleaux isolés dont il déchiquetait de grands lambeaux du bout des lèvres. Tellement absorbé par sa faim qu'il en oubliait toute vigilance.

La bête approchait pas à pas. Elle ménageait de longues pauses lorsque le daim relevait la tête pour humer l'air glacé, attendait qu'il recommence à arracher des écorces pour repartir, se figeait à la moindre alerte… Elle se savait moins rapide depuis quelques semaines, mais sa proie était faible et elle avait tout son temps.

Le daim s'en prenait maintenant aux extrémités ligneuses d'un mélèze. La bête rampa encore sur quelques mètres. Aplatie contre le sol, elle frémissait de tous ses muscles. La neige s'accrochait à son pelage, étouffait les bruits et la rendait presque invisible. Seul un mince rideau d'arbres la séparait encore de sa proie.

Le goût aigre du bois qu'il mâchonnait emplissait les naseaux du daim. Une nourriture d'hiver, à peine suffisante pour le maintenir en vie.

Il arracha une nouvelle branche et avança de quelques pas.

La bête releva l'arrière-train, prête à bondir.

Une brindille craqua et le daim se redressa, soudain en alerte.

Une fraction de seconde trop tard.

Dans le même instant, il sentit l'odeur terrifiante de la bête et reçut tout le poids du fauve sur le dos. Des griffes entrèrent dans sa chair, des crocs se plantèrent dans sa nuque et ses os craquèrent dans le silence. Il tenta brièvement de se dégager avant de s'écrouler. L'éclat vitreux de ses yeux ne s'éteignit qu'au moment où la bête plongeait ses crocs dans la chaleur tendre de son ventre.

Le sang imbibait la neige. Les entrailles du daim fumaient dans le froid tandis que la bête grondait de plaisir. Mystérieusement avertis, des corbeaux s'étaient rassemblés sur les branches voisines.

Ils attendaient leur tour.

1

– La Maslenitsa au feu ! La Maslenitsa au feu !

C'était la même chose, chaque année, à l'arrivée du printemps. Les enfants, les parents, les jeunes, les vieux, les femmes, les hommes… On était tous là, tous ceux de Slobodnié, y compris le minuscule bébé de Klara, notre voisine, qui disparaissait sous le manteau matelassé de sa mère. Rien qu'à nous entendre hurler ce jour-là, on aurait pu croire que nous étions des milliers. Mais Slobodnié n'était qu'une minuscule bourgade perdue au bout du bout de la taïga. À part les loups, les ours ou les renards, personne ne pouvait nous entendre.

L'air sentait la fumée, le miel, le girofle et les blinis. Il faisait un froid à fendre les pierres, mais on se réchauffait en dansant autour du feu, en buvant et en braillant comme des déments. On fêtait le printemps, qui n'arriverait que des semaines plus tard.

Pendant quelques jours pourtant, on avait pu y croire. Le temps s'était radouci et, durant quelques heures, il avait neigé. Mais ça n'avait pas duré. Le vent du nord était revenu en force et les températures avaient dégringolé. L'horizon s'était de nouveau soudé au ciel et la forêt s'était figée dans une immobilité de verre. Certains assuraient même avoir vu des oiseaux tomber du ciel, paralysés de froid en plein vol. C'était peut-être vrai. Ou peut-être pas. La fête du printemps était un jour où la vodka coulait à flots, et les gens racontaient à peu près n'importe quoi.

– La Maslenitsa au feu ! La Maslenitsa au feu !

Sa chapka enfoncée jusqu'aux yeux, Pavka serrait comme un trésor un gobelet de chocolat chaud tandis que je me brûlais les doigts avec un verre de thé au girofle, si bouillant que je pouvais à peine y tremper les lèvres. Les adultes, eux, se réchauffaient à coups de vodka qu'ils buvaient cul sec en se souhaitant du bonheur.

À ce jeu-là, Grigor, le père de Kostia, était le meilleur. Les yeux rougis par le froid et l'alcool, il beuglait à tue-tête « La Maslenitsa au feu ! » en éclatant de rire. Mon père bafouillait en racontant des histoires si confuses que lui-même s'y perdait. De toute façon, personne ne l'écoutait. Kostia, Aleksandr et toute la bande des garçons jetaient dans le feu des pétards qui explosaient dans l'air glacé comme des coups de fusil. À chaque fois, ils hurlaient : « La Maslenitsa au feu ! » Et, de temps à autre, le rire en cascade de ma mère dominait le brouhaha.

– Les gamins ont raison ! a mugi le père de Kostia. Foutons-la au feu, cette vieille garce ! Cette fois, elle va y passer !

Et on a tous hurlé comme des sauvages.

– Au feu ! La Maslenitsa au feu !

Dame Maslenitsa ne semblait pas très inquiète de ce qui l'attendait. Certains l'appelaient aussi Matzima, « la mère Hiver », et, depuis le début de la journée, on trimballait sa grande silhouette de bois à travers les rues du village.

Chaque année, les hommes s'y mettaient. À l'aide de vieilles planches récupérées ici et là, ils fabriquaient une nouvelle Maslenitsa que les femmes maquillaient et habillaient de tissus bariolés. Plus ils étaient vifs, plus on se moquait de la grisaille de l'hiver. Avec son vieux foulard jaune sur la tête, son interminable nez et son immense sourire rouge, dame Maslenitsa tenait à la fois du clown et de la sorcière. Tout à la fois drôle et inquiétante. Fasciné, Pavka ne la quittait pas des yeux.

Le père de Kostia nous a bousculés.

– *Na zdorovié*! Santé!

Il a sifflé d'un coup son énième verre de vodka et s'est précipité comme un forcené sur dame Maslenitsa pour lui arracher sa robe. Il a donné le signal. Dans une incroyable pagaille, on a commencé à déshabiller la mère Hiver. C'était la tradition. Il fallait la dépouiller de ses vêtements avant de la jeter au feu et repartir chez soi avec un morceau coloré de tissu qu'on garderait jusqu'au printemps suivant.

– Allez, Pavka, viens!

J'ai tenté d'entraîner mon petit frère, mais autant parler à un caillou. Perdu au milieu de cette bousculade, Pavka était le seul à ne pas bouger, le seul à ne pas crier, à ne pas rire. Les pieds plantés dans la neige, les mains serrées autour de son chocolat, il regardait avec de grands yeux tous ces gens qui braillaient en arrachant les vieilles nippes de la mère Hiver.

De toute façon, Pavka ne disait jamais rien, ou si rarement que c'était chaque fois un événement. Il pouvait passer des journées entières sans prononcer le moindre mot, juste à chantonner dans un charabia incompréhensible. Comme s'il avait sa langue à lui. Roksanna, la seule fille de mon âge à Slobodnié, l'appelait « l'extraterrestre ». Et c'est vrai que, la plupart du temps, Pavka donnait l'impression d'habiter une autre planète.

– Au feu ! Au feu la mère Hiver !

Dame Maslenitsa était nue maintenant. Il ne restait que sa carcasse de planches. Les garçons l'ont jetée au feu dans des gerbes d'étincelles.

– Du bois ! a braillé Kostia. Faut rajouter du bois !

Le visage rouge de sueur malgré le froid, les garçons ont balancé des brassées de branches de sapin qui se sont immédiatement embrasées. Les hurlements ont redoublé quand les flammes se sont élevées, bien au-dessus des toits des maisons. Presque à toucher le ciel. On devait les apercevoir à des kilomètres à la ronde. Sauf qu'à des kilomètres à la ronde il n'y avait personne. Rien que la taïga. Une interminable forêt hérissée de mélèzes gris comme des ombres et d'épicéas dont les branches alourdies de glace traînaient jusqu'au sol.

Les thés brûlants circulaient de main en main, la vodka et la bière coulaient à flots. On dévorait des crêpes au miel comme si on n'avait rien mangé depuis des semaines. Ce n'était pas tous les jours que l'hiver prenait fin !

Le soir est tombé et le froid est devenu presque insupportable. Mais il fallait encore attendre. Impensable de rentrer chez soi avant que la Maslenitsa ne soit réduite en cendres. Les anciens du village étaient formels : il n'y avait pas pire façon d'attirer le mauvais œil.

Quelqu'un est allé chercher un vieux lecteur de CD et a mis une chanson d'Eva Polna. *Ne rasstavajas*, « Ne m'oublie pas ». On entendait à peine sa voix, mais ça n'avait aucune importance. Tout le monde dansait, mes parents compris. J'ai détourné les yeux en les voyant s'embrasser. Le père de Kostia tentait de faire danser la mère de Roksanna, mais il titubait tellement qu'il s'est écroulé dans la neige. Quant à la belle Eva Polna, elle n'est pas arrivée au bout de sa chanson. L'appareil a fait « scrouïtch », et la musique s'est arrêtée net. Les piles venaient de geler.

Rien de grave.

Tout le monde a continué à danser.

Il en fallait plus pour que la fête s'arrête.

2

Le visage rouge de froid, Kostia s'est approché de moi en roulant des épaules. La petite bande des garçons du village l'accompagnait. Presque aussi grand qu'un homme, il les dépassait tous d'une bonne tête, ce qui suffisait à faire de lui leur chef incontesté. Il avait décrété que j'étais la fille la plus « canon » de Slobodnié - ce qui n'était pas très difficile puisque avec Roksanna nous étions les deux seules filles de son âge. Il proclamait à qui voulait l'entendre qu'il « sortirait avec moi » avant l'été.

Rêve toujours ! Avec sa carrure d'ours et ses beuglements de veau, Kostia me faisait presque aussi peur que son père. Rien que pour les éviter, l'un et l'autre, j'étais capable de faire les détours les plus farfelus. Mais ce soir, impossible d'y échapper. Kostia m'a sorti un sourire préfabriqué, copié sur ceux des animateurs de la télé.

– Tu danses ?

J'ai haussé les épaules.

– Il n'y a même pas de musique.

– On s'en fout ! Regarde, les autres dansent bien, même sans musique.

Il était si proche de moi que je sentais son haleine.

– Tu as bu de la vodka ?

Les garçons ont éclaté de rire. Ils y avaient tous goûté. Et leurs yeux brillaient autant à cause du froid que de l'alcool.

– C'est mon père. Il dit qu'à mon âge il est temps que je m'y mette. Ça réchauffe. Bon, alors, tu danses ?

J'ai reculé d'un pas.

– Pas envie.

– Tu fais la gueule ?

– Non. Je n'ai pas envie, c'est tout.

Autour de nous, ça continuait à brailler, à boire et à manger. De loin, j'apercevais Roksanna qui se déhanchait. Les bras dressés, les yeux fermés et le visage levé vers le ciel, elle ondulait et tournait sur elle-même comme si elle était seule au monde, captive de son propre rêve.

Kostia s'est approché de mon oreille comme pour me confier un secret.

– Regarde !

Malgré le froid, il a remonté sa manche. À la lueur des flammes, il a exhibé un dessin sur son avant-bras. La gueule grande ouverte d'un tigre dont les crocs blancs ressortaient sur le gouffre noir de sa gorge. Pavka a poussé un gémissement, j'ai senti sa petite moufle se glisser dans la mienne. Il regardait la gueule du tigre, les yeux écarquillés.

– Alors… qu'est-ce que tu en dis ?

– C'est un tatouage ?

– Non. Pas encore.

Kostia m'a décoché un grand sourire.

– Pour l'instant, a-t-il repris, c'est juste un dessin qu'Aleksandr m'a fait sur le bras avec un Bic. Mais je l'ai montré à mon père. Il le trouve vachement réussi. Dès qu'il aura tué son tigre, il a promis qu'on irait chez le tatoueur, à Kashtakova. Tous les deux, lui et moi. Et il nous dessinera ce tigre sur le bras. Exactement le même.

« Dès qu'il aura tué son tigre… » J'ai fait comme si je n'avais pas entendu.

Le grand plaisir de Kostia, c'était de me provoquer à propos du travail de ma mère. Elle était garde forestier et responsable de la réserve de la Verkhsnaya, mais ici, tout le monde l'appelait la « fliquette des bois ». Tout le monde savait aussi que Grigor, le père de Kostia, était un drôle de type. Un peu braconnier, un peu trafiquant, un peu contrebandier… La frontière chinoise était toute proche, et Grigor servait de passeur. Du bois, des voitures, de l'alcool, des cigarettes, des fourrures, des armes, de la drogue… Grigor ne connaissait aucune limite. Pour le compte de qui travaillait-il ? Personne ne le savait. Pas même ma mère. D'après elle, ses « patrons » réglaient leurs combines depuis de luxueux bureaux situés à des centaines de kilomètres de Slobodnié. Ils roulaient dans de grosses berlines, s'habillaient comme des hommes d'affaires et se faisaient passer pour des gens respectables. Maman les appelait les « intouchables », et Grigor n'était que leur homme de main. Il faisait partie des *kotionoki*, les chatons, des petits truands capables de tout pour de l'argent. Même du pire.

Mes parents dansaient toujours enlacés. D'autres couples tournaient autour du feu et Roksanna virevoltait, un peu à l'écart, les yeux mi-clos et les bras dressés vers le ciel comme si elle allait s'envoler. Le froid, le brouhaha et l'absence de musique n'avaient pas l'air de les gêner.

– Alors, qu'est-ce que t'en penses ? a repris Kostia en me fourrant son avant-bras sous le nez.

Il faisait jouer ses muscles, et la gueule du tigre ondulait sur sa peau.

– Pas très réussi. On dirait qu'il louche, ton tigre.

Ma voix tremblotait et je me sentais bien moins sûre de moi que je ne l'aurais voulu. Mis à part cette petite coquetterie dans le regard, le tigre d'Aleksandr était magnifique, mais je n'avais aucune envie de le reconnaître devant Kostia. Aucune envie de lui procurer ce plaisir.

– Comment ça, il louche ? a-t-il beuglé en regardant son avant-bras. Merde ! Mais t'as raison en plus ! Aleksandr ! T'as tout foiré ! Madame la spécialiste dit qu'il est raté, ton tigre ! Il louche !

Aleksandr m'a lancé un coup d'œil consterné et Kostia l'a envoyé valser dans la neige.

– T'inquiète, a-t-il fait en se relevant. C'est qu'un brouillon, je te l'ai dit. Je vais le travailler encore.

– Un peu que tu vas le travailler, l'artiste ! Je veux qu'il soit aussi féroce qu'un vrai.

Kostia s'est retourné vers moi.

– Tu sais, ceux qui en ont mangé disent que le tigre, ça a presque le goût du cochon.

Il a reculé d'un pas comme pour juger de l'effet de sa phrase. Il souriait.

– Je t'y ferai goûter… Dès que mon père en aura descendu un. Promis !

Il ne me quittait pas des yeux.

– Mais pas un mot à ta mère, hein ! Ça la mettrait en colère.

Je sentais la main de Pavka gigoter dans la mienne, les larmes me montaient aux yeux.

– Un garde forestier, ça ne doit pas être au courant de ce genre de chose, tu comprends.

Et Kostia a filé en déposant sur sa moufle un baiser qu'il a soufflé dans ma direction.

– Salut, Felitsa ! Fais de beaux rêves !

– T'es qu'un connard ! ai-je crié. Un gros crétin !

Ma voix a dérapé et Kostia a éclaté de rire. Ma réplique était minable. Des injures ! Je n'avais rien trouvé d'autre. J'aurais voulu le gifler et me gifler aussi.

J'ai laissé couler mes larmes. Il faisait si froid qu'elles gelaient au fur et à mesure sur mes joues.

– Pleure pas, a chantonné Pavka.

Ses premiers mots depuis au moins trois jours.

Je l'ai embrassé sur le bout de son nez glacé, la seule partie de son visage à dépasser de l'amoncellement de bonnets et d'écharpes dans lequel il était enfoui.

3

Ce n'est qu'en revenant vers le feu que j'ai surpris le regard de madame Sniejana, la seule et unique prof de la seule et unique classe de Slobodnié. Son éternelle cigarette aux lèvres et un grand thermos de thé à la main, elle servait les gens au passage. Elle avait tout vu et tout entendu malgré le vacarme. Au milieu des ombres que jetaient les flammes, il m'a semblé qu'elle m'adressait un imperceptible sourire. Je me suis arrêtée pour m'assurer que je ne rêvais pas, mais elle avait déjà tourné les talons. J'étais dans sa classe depuis l'âge de Pavka, et jamais je ne l'avais vue sourire.

C'était ma dernière année avec elle.

Slobodnié était bien trop petit pour avoir une école supérieure, ce qui signifiait qu'à la prochaine rentrée scolaire j'allais me retrouver pensionnaire à la vyschaia chkola n° 11 de Kashtakova, la ville la plus proche, à une centaine de kilomètres d'ici. Tout était réglé, l'inscription déjà faite. Je préférais ne pas y penser. La bonne nouvelle, c'était que Roksanna était inscrite dans la même école. La mauvaise, c'était que Kostia aussi. Quant à Aleksandr, bizarrement, il se retrouvait inscrit ailleurs, à la vyschaia chkola n° 8. Dommage ! Je l'aurais volontiers échangé contre Kostia. Aleksandr ne jouait pas au foot, ne braillait pas et ne se battait contre personne, mais il était capable de tirer le portrait de n'importe qui, en quelques coups de crayon. Un talent qui lui valait l'admiration de la bande de garçons de Slobodnié. Sans cela, il aurait certainement été leur bête noire.

En attendant, on terminait tous notre dernière année chez « cette vieille peau de Sniejana », comme l'appelait maman.

Madame Sniejana était là depuis la nuit des temps. Presque tous les adultes de Slobodnié étaient passés par sa classe, et ceux qui, comme ma mère, ne supportaient pas de rester enfermés six heures par jour entre quatre murs en gardaient un souvenir cuisant.

Il faut reconnaître que madame Sniejana ne faisait rien pour se faire aimer.

Toujours habillée en noir, toujours en train de fumer, elle ne faisait aucun compliment et ne souriait jamais. Tout le monde filait doux avec elle – les adultes compris. On ne lui connaissait ni mari ni enfants. D'ailleurs, on ne connaissait rien d'elle. Pas même son prénom. Elle habitait à côté de l'école une vieille maison en bois dont jamais personne n'avait franchi le seuil. Et personne ne savait non plus pourquoi sa main gauche était amputée de deux doigts.

À mi-voix, on l'appelait «Baba Yaga», le nom d'une affreuse sorcière dont on nous racontait les histoires quand on était petits. Mais même si elle m'impressionnait, je l'aimais bien, «cette vieille peau de Sniejana». Jamais je n'avais rencontré quelqu'un comme elle. Quelqu'un d'aussi mystérieux. Parfois, pendant qu'on travaillait, je la surprenais à regarder par la fenêtre de la salle de classe. Ses lèvres bougeaient silencieusement, comme si elle s'adressait en secret à un insaisissable interlocuteur. Kostia ricanait en silence en se vissant le doigt contre la tempe tandis que je me demandais à qui elle pouvait bien parler.

Chaque soir, quelques minutes avant la sortie, elle ouvrait un livre, allumait une cigarette et nous faisait la lecture. Des contes, des romans d'aventure, des récits, de la poésie… Ça dépendait des jours. Depuis quelque temps, elle nous lisait les aventures d'un barbier, Ivan Iakovlievitch, qui, un matin, trouve un nez dans son pain, tandis qu'un autre habitant de Saint-Pétersbourg s'aperçoit à son réveil qu'il a perdu son nez* !

Roksanna levait les yeux au ciel, bien déterminée à montrer qu'elle avait passé l'âge de ces histoires à dormir debout. Kostia s'agitait sur sa chaise en attendant la sortie. Sur l'un des carnets dont ses poches étaient remplies, Aleksandr dessinait des nez avec des yeux, des bouches, des bras et des petites pattes.

Moi, je me laissais emporter par la voix rauque de madame Sniejana et les volutes de fumée qui s'échappaient de ses lèvres.

Dame Maslenitsa était depuis longtemps réduite en cendres et le feu n'était plus qu'un dôme de braises. Le ciel était piqueté d'étoiles qui clignotaient comme si elles claquaient des dents. J'avais si froid que je ne sentais ni mes jambes ni mes bras. Officiellement, l'hiver venait de se terminer, mais, par chez nous, il ne lâchait pas prise aussi facilement.

* *Le nez*, de Nikolaï Gogol.

Les vieux disaient que, pour s'assurer du bonheur toute l'année, il fallait enfouir un peu des cendres de la mère Hiver devant sa maison. «Des histoires de bonnes femmes», ricanait p'pa. Ce qui ne l'a pas empêché de s'assurer du coin de l'œil que ma mère, agenouillée dans la neige, enfouissait bien quatre pelletées, une pour chacun de nous, lui compris.

Le père de Kostia s'est approché. Il titubait et buvait de temps à autre une gorgée à même la bouteille.

– Hé ! Alissa ! Tu sais quoi ? a-t-il braillé.

Maman s'est redressée.

– J'ai repéré un tigre. Ouaip ! Parfaitement. Un tigre...

Il s'est mis à rire et a bu une gorgée de vodka.

– Mais rassure-toi, je vais pas le descendre, celui-là. Je tiens à te le dire. Je ne vais pas le descendre parce qu'un seul tigre, tu comprends, c'est pas assez pour moi. Moi, j'en veux deux. Un pour m'acheter une bagnole, et l'autre pour faire la fête jusqu'au jour de ma mort ! Et c'est pas une fliquette comme toi qui va m'en empêcher ! Je te préviens !

Il a bu une nouvelle gorgée et s'est écroulé dans la neige, assommé par l'incroyable quantité de vodka qu'il avait engloutie depuis le début de la journée.

Mon père et celui d'Aleksandr l'ont ramené chez lui comme un paquet, en le tenant par les épaules et les chevilles. Kostia les suivait en faisant le fanfaron, mais je crois bien qu'il riait un peu jaune.

Grigor était le seul à ne pas avoir enterré de cendres.

Quelques mois plus tard, quand l'accident est arrivé, tout le monde s'en est souvenu. Les choses se seraient-elles passées autrement si Grigor n'avait pas tant bu ce soir-là ?

4

Normalement, j'aurais dû aller à l'école le lendemain, mais, une ou deux fois par mois, la responsable de la réserve de la Verkhsnaya – autrement dit, ma mère – m'emmenait dans ses tournées de garde forestier.

Elle appelait ça l'« école de la taïga ».

Nos virées duraient deux, trois, parfois quatre jours. On partait dans son Patriot, un vieux 4 × 4 de l'armée reconverti en véhicule de fonction et qui affichait pas loin de trois cent mille kilomètres au compteur. Avec le GPS, indispensable au travail de maman, le seul accessoire récent du Patriot était un lecteur de CD grâce auquel elle écoutait les Rolling Stones. Et rien qu'eux.

Elle m'apprenait à tirer avec sa vieille carabine Baïkal, une pétoire qui datait de la dernière guerre.

On pistait les traces du gibier et celles des braconniers dont on désamorçait les pièges. Pendant quel-ques jours, on vivait de ce qu'on chassait et de ce qu'on cueillait. Elle me montrait comment allumer un feu au milieu des tourbillons de neige et m'indiquait les endroits où pousse le ginseng sauvage, une plante devenue si rare qu'à quelques kilomètres de là, de l'autre côté de la frontière, les Chinois étaient prêts à payer des fortunes pour une seule de ses racines.

– Jure-moi de ne jamais parler de cet endroit, Felia.

Et elle me regardait si sérieusement que, la main levée, je promettais de conserver le secret jusqu'au jour de ma mort.

Maman était capable de passer des heures sans lâcher un mot, mais, le soir, autour du feu, elle parlait de son enfance ici et de « Dadouchka », son grand-père, qui lui avait tout appris de la taïga. « C'est mon seul héritage, Felioucha. Et maintenant, c'est à mon tour de te le léguer. » Emmitouflée dans une couverture, je devenais sa confidente. De temps à autre, le hululement grave d'un hibou pêcheur me faisait sursauter. Wou, wou, wou… Maman cessait de parler, les flammes éclairaient son visage, elle me souriait et j'adorais ça.

Calfeutrées dans nos duvets, on s'endormait en

écoutant le vent et le hurlement lointain des loups. Karitch se dressait alors, la gueule tendue vers le ciel, les oreilles dressées, et parfois, lorsque les loups se taisaient, il hurlait à son tour, de sa drôle de voix enrouée, comme pour rappeler qu'il avait toujours en lui une vraie part de sauvagerie.

Il se couchait ensuite à l'écart du feu, le museau enfoui dans la neige, mais, au plus froid de la nuit, il venait se coller contre moi. Je passais alors le bras autour de son cou et il me réchauffait de son épaisse fourrure de chien sibérien.

Nos balades mettaient p'pa dans une colère folle.

– Qu'est-ce que tu imagines, Alissa Alexonova ?

Alioucha, Aliaz, Alissan… P'pa avait toute une gamme de petits noms pour ma mère, mais, lorsqu'il l'appelait « Alissa Alexonova », c'était qu'il était en colère.

– Tu t'imagines peut-être que la petite vivra comme nous, comme une sauvage, en pleine forêt ? C'est fini, ce temps-là ! Nous sommes les derniers des hommes préhistoriques. Felitsa a besoin de faire comme les autres gamines de son âge, d'apprendre tout ce que toi et moi nous ne savons pas, et ce n'est pas en sachant reconnaître des empreintes de cerf qu'elle trouvera un travail.

Maman haussait les épaules.

– Cette vieille peau de Sniejana lui apprend à lire dans des livres, et moi, je lui apprends à lire dans la neige. On se complète.

Chaque fois que je disparaissais pour aller à l'école de la taïga, madame Sniejana envoyait à mes parents une lettre à en-tête du ministère demandant la justification de mon absence. Et chaque fois, maman, qui détestait écrire, lui renvoyait le papier en notant en face de « raison de l'absence de l'élève » :

Felitsa Andreionova était à l'école de la taïga.
Bons résultat.
Excellente élève.

Ravie de sa formule, elle relisait sa phrase plusieurs fois avant de tendre la lettre à p'pa.

– Je n'ai pas laissé de fautes ?

Invariablement, p'pa ajoutait un « s » à « résultat » et, invariablement, maman grommelait.

– Merde ! Et ça pourtant, je le sais !

Elle levait les yeux vers lui et, certaines fois, ils étaient si brillants qu'elle semblait prête à pleurer.

5

Le jour déclinait et il faisait un froid de loup. C'était ma seconde journée d'« école de la taïga ». J'étais exténuée. De temps à autre, une branche dégringolait, brisée net à cause de la sève qui gelait. La neige crissait sous nos pas et je n'avais qu'une idée en tête : rentrer à la maison. Mais maman ne l'entendait pas de cette oreille. Elle s'en tenait à son programme et continuait d'avancer comme si de rien n'était : sa tournée de surveillance devait s'achever au Staryï Lagueri, l'« ancien camp ». Un coin que les gens de Slobodnié évitaient et dont le nom ne figurait sur aucune carte. Autrefois, il y avait eu ici un camp de prisonniers. Des gens qui abattaient des arbres pour construire une voie ferrée. Il n'en restait presque rien, des pans de toitures pourries, des planches éparpillées entre les arbres, et des bouts de ferraille qui s'effritaient sous les doigts... Quant à la voie ferrée, elle n'avait jamais été terminée.

Certains disaient que le coin était hanté. Des milliers de prisonniers avaient travaillé ici, des centaines de morts y avaient été ensevelis et mieux valait passer au large. Maman était comme les autres, elle n'aimait pas trop cet endroit, mais son travail consistait à surveiller toute la réserve, y compris les coins qui avaient une sale réputation.

Elle était à quelques pas devant moi lorsqu'elle s'est brusquement arrêtée. Elle est restée un moment immobile, puis s'est accroupie dans la neige.

– Viens voir ça, Felia !

La buée qui s'échappait de ses lèvres se transformait en un nuage de paillettes glacées qui voltigeaient jusqu'à ses pieds. Sa voix tremblait d'excitation.

Du bout de sa moufle, elle désignait quelque chose que, dans la pénombre, j'avais du mal à distinguer. Karitch s'est mis à gronder, les babines retroussées sur ses crocs.

– Qu'est-ce que tu en penses ? a demandé maman, les yeux fixés sur la neige.

Je me suis baissée et, comme par magie, des empreintes sont apparues dans la lumière rasante du soir. Blanches sur blanc, invisibles tant que je n'avais pas le nez dessus.

Malgré le froid, maman a ôté sa moufle pour effleurer l'une d'elles du bout du doigt.

– Alors ?

J'ai observé les traces comme elle m'avait mille fois montré à le faire.

Les marques régulières des pattes avaient écrasé la neige en traçant un mince chemin qui disparaissait entre les bouleaux. Un coussinet en forme de trèfle, bien plus large que ma paume... Quatre doigts prolongés de griffes avaient labouré la neige. En un éclair, j'ai su ce que j'avais sous les yeux et mon cœur s'est accéléré. C'était la première fois. Jusque-là, je n'avais vu ce genre d'empreintes que sur les photos prises par ma mère au cours de ses tournées.

– Un tigre ?

Ma voix n'était qu'un murmure.

Maman a esquissé un sourire.

– Mais ce n'est pas tout, Felia. Regarde mieux.

J'ai ôté mon gant, le froid m'a aussitôt mordu les doigts comme un petit carnivore affamé tandis que du bout de l'index je suivais le rebord verglacé de l'empreinte. Il avait neigé deux jours plus tôt, juste avant que les températures ne dégringolent à nouveau et ne glacent tout. Les traces que j'avais sous les yeux étaient bien nettes : le tigre était passé après les chutes de neige, mais avant le retour du grand froid.

– Ça date d'il y a deux jours…

Maman a approuvé de la tête.

– Mais il y a autre chose encore…

J'ai eu un geste d'ignorance.

– Il y a que ce n'est pas vraiment un tigre…

Je l'ai regardée par en dessous. « Pas vraiment un tigre… » Ça ne voulait rien dire.

Elle a passé de nouveau le doigt sur une empreinte.

– Observe les pattes arrière…

Maman m'avait répété des milliards de fois que le poids de la plupart des animaux repose surtout sur l'avant. Ce qui veut dire que, généralement, les empreintes des pattes antérieures sont plus enfoncées que celles des pattes postérieures. Là, c'était le contraire.

– Tu comprends maintenant ?

Rien du tout. Je ne comprenais rien du tout. Le jour baissait, j'étais glacée jusqu'aux os et je n'avais pas envie de jouer aux devinettes par – 30 °C. Mais la grande idée de maman, c'était de ne jamais donner les réponses.

– Ça doit venir de toi, Felioucha. Quand tu te retrouveras toute seule dans la taïga, personne ne te soufflera les réponses.

Sauf que la Felioucha n'avait aucune intention de se retrouver un jour seule dans la taïga.

– Alors ? a-t-elle relancé.

J'ai sorti la première idée qui m'est passée par la tête. Une énormité.

– Peut-être que c'est un très gros tigre avec un très gros ventre.

Maman a semblé ravie.

– C'est exactement ça ! Mais pourtant on n'a jamais vu de tigre obèse...

Et soudain, j'ai compris.

– Ce n'est pas un tigre ! C'est une tigresse ! Et elle est lourde parce qu'elle attend des petits.

Maman a plissé les yeux.

– C'est exactement ça.

L'excitation de ma mère m'a gagnée. La tigresse qui était passée ici portait des petits et pour rien au monde je n'aurais voulu être ailleurs.

Karitch a soudain filé entre les arbres. On l'a rejoint deux ou trois cents mètres plus loin. Il aboyait, ou plutôt, il hurlait, en tournant comme un fou autour d'une large tache sombre, à peine visible dans l'obscurité. Sur plusieurs mètres, la couche de neige était labourée de traces de griffes. Noire de sang. Maman a balayé les alentours de sa torche jusqu'à découvrir une carcasse disloquée. Des morceaux d'os, des touffes de poils, des lambeaux de chair figés par le froid…

– Notre tigresse a déjeuné là.

Elle s'est baissée pour saisir une touffe de poils gelés.

– Un daim…

Elle a photographié les empreintes. L'éclat des flashs éclaboussait la nuit. Pendant une fraction de seconde, la neige devenait phosphorescente, puis la forêt replongeait aussitôt dans l'obscurité. Maman a également fait quelques photos de ce qu'elle appelait «la scène du crime» et pris le temps de noter son emplacement sur son GPS.

Nous avons rebroussé chemin, éclairées par la seule réverbération de la neige et tellement heureuses de notre découverte qu'on en oubliait presque le froid.

6

Le 4 × 4 n'était plus qu'à quelques mètres lorsqu'on a entendu… trois fois rien. Un froissement sur la neige. Tout proche…

Comme le pas d'un animal, étouffé par la neige.

On s'est figées. Maman a juré à mi-voix.

Elle portait sa carabine en bandoulière et avait conservé ses grosses moufles en peau : des erreurs de débutante. Impossible de réagir vite au cas où…

Le poil dressé, Karitch reculait pas à pas vers le 4 × 4 dont on distinguait la masse sombre entre les arbres.

– Ne bouge pas ! a soufflé maman.

Elle tentait d'ôter ses moufles et de faire glisser la carabine de son épaule. Ruisselante de sueur malgré le froid, je guettais les moindres bruits. Le cliquetis des cristaux de glace qui tombaient, la respiration du vent, le frémissement des branches, les battements de mon cœur… Mais le plus inquiétant, c'était l'épaisseur du silence. Comme si la forêt retenait son souffle.

Maman a enfin réussi à empoigner sa carabine.

– File jusqu'à la voiture, a-t-elle murmuré. Sans courir. Je te rejoins.

Comme dans un vertige, le ventre noué et les tempes battantes, j'ai avancé jusqu'au 4 × 4. La portière était bloquée par la glace. J'ai tiré dessus jusqu'à ce qu'elle s'ouvre dans un vacarme de fin du monde. Karitch s'est précipité dans le coffre et je me suis tassée sur mon siège, grelottante de peur et de froid. Ma mère nous a rejoints un instant plus tard. Elle a poussé un soupir en posant les mains sur le volant gelé. On est restées un moment sans rien dire, à épier les moindres bruits. J'avais encore devant les yeux la dépouille déchiquetée du daim.

– Tu crois que c'était elle ? La tigresse…

Impossible de calmer les tremblements de ma voix.

– Sais pas, a lâché maman en mettant le contact. Avec l'obscurité, on se fait parfois des idées…

– Karitch semblait mort de trouille. Comme s'il

avait senti sa présence. Tu crois qu'elle nous guettait depuis le début ? Qu'elle aurait pu… qu'elle aurait pu nous attaquer ?

– Normalement, non. Tant qu'on les laisse tranquilles, les tigres évitent les humains. Et, en plus, elle venait de chasser. Mais ça, c'est la théorie. On est en hiver, il n'y a pas beaucoup de proies et elle attend des petits. Alors tout est possible…

Maman a poussé le chauffage à fond avant de mettre un CD des Rolling Stones. *Bridges to Babylon*. Sur la pochette, un lion furieux se dressait sur ses pattes arrière, la gueule grande ouverte.

– Ce qui est sûr, a-t-elle repris, c'est qu'elle avait cent fois le temps de bondir sur nous avant même qu'on ne s'aperçoive de sa présence.

Le pare-brise se désembuait lentement, maman l'a essuyé d'un revers de main.

– Allez. Cette fois, on rentre. Demain, tu as école.

– C'est une bonne nouvelle.

– D'aller à l'école ?

– Non. Que la tigresse attende des petits.

Elle a grimacé.

– C'est aussi une bonne nouvelle pour les braconniers.

– Tu crois que c'est le tigre que le père de Kostia a repéré ?

– Impossible de savoir. Surtout avec un type comme lui. Il était ivre et racontait n'importe quoi. N'empêche que c'est une drôle de coïncidence.

Les moindres chemins, les sources, les vallons les plus encaissés... Maman connaissait la taïga comme personne. Mais Grigor la connaissait tout aussi bien.

À plusieurs reprises, elle l'avait surpris la main dans le sac, avec des chargements de fourrures ou des armes de chasse interdites. Chaque fois, elle avait saisi les armes et le chargement, et, chaque fois, Grigor avait payé ses amendes en affichant un sourire ironique.

Un jour que je l'accompagnais, maman a contrôlé Grigor avec une cinquantaine de peaux de vison dans son coffre. Cinq paquets de dix peaux soigneusement préparées. Bien plus que le règlement de la réserve ne l'autorisait. Il a pris un air détaché lorsque maman les a saisies et lui a tendu le procès-verbal.

– Tout ça, c'est du menu fretin, Alissa ! C'est pas demain qu'une bonne femme va me coincer !

– Méfie-toi des « bonnes femmes », Grigor. Tu finiras par commettre une grosse erreur, et ce jour-là...

Le père de Kostia a éclaté de rire en grimpant

dans son 4×4 encore plus déglingué que celui de maman.

– Et ce jour-là n'est pas près d'arriver, crois-moi !

Maman l'a regardé partir.

– Dommage qu'il soit du mauvais côté. Il aurait fait un excellent garde forestier.

7

Le 4×4 cahotait dans la neige, la voix de Mick Jagger dominait le grondement du moteur et le souffle du chauffage était délicieusement brûlant. On a rejoint la piste qui traversait la réserve. Les cristaux de glace accrochés aux branches brillaient comme des yeux dans le faisceau des phares.

Douze ans plus tôt, à l'époque où maman était devenue responsable de la réserve, elle repérait presque chaque semaine des indices de la présence des tigres : un tronc lacéré, une empreinte dans la boue, des dépouilles de proies à demi dévorées… Mais, au fil des années, ces rencontres s'étaient espacées et des mois pouvaient maintenant s'écouler sans qu'elle croise la moindre trace.

Les scientifiques avaient une explication : les tigres fuyaient désormais les humains comme la peste. De plus en plus méfiants, ils se réfugiaient au loin, dans des endroits inaccessibles, là où personne n'allait, pas même ma mère.

L'explication de maman, elle, tenait en un mot : les braconniers.

Armes de précision, 4 × 4, GPS, radios, scanners… Ces types-là étaient mille fois mieux équipés qu'elle et de plus en plus entreprenants. Maman répétait qu'il aurait fallu une dizaine de gardes pour surveiller efficacement le territoire de la Verkhsnaya. Elle était seule. Ou presque. Vaguement secondée par Timofeï, un ancien militaire qui vivait en ermite à Krasnyï Istochnik, la Source rouge, un hameau abandonné à l'extrémité nord de la réserve, à près de cent vingt kilomètres de là. Timofeï s'était battu en Afghanistan, il en était revenu un peu fêlé et tentait de noyer ses souvenirs dans l'alcool. Il était prêt à tout pour une bouteille de vodka, un prix que les braconniers et les trafiquants de tout poil lui payaient bien volontiers pour qu'il ferme les yeux sur leurs activités.

Combien de tigres vivaient aujourd'hui sur la réserve de la Verkhsnaya ?

Personne ne le savait. Les scientifiques du « Groupe tigres », une dizaine de biologistes et d'éthologues* de l'Académie des sciences et de la Zoological Society à qui elle servait régulièrement de guide, parlaient d'une trentaine d'individus. Mais maman aurait mis sa main au feu qu'ils étaient moitié moins nombreux. Quinze au plus. Sans doute moins.

Quand les premières maisons de Slobodnié sont apparues dans l'obscurité, serrées les unes contre les autres comme pour se protéger du froid, j'étais prête à jurer que j'avais mille fois aperçu la tigresse se glisser entre les arbres. La fumée des poêles s'échappait des toits écrasés de neige et s'effilochait en longues traînées blanches qui finissaient par se fondre dans la nuit.

P'pa nous attendait à côté de « son » camion, un KamAZ presque aussi fatigué que le Patriot de maman et qu'il équipait, dès la fin août, de chaînes énormes et d'un chasse-neige rouillé. Adossé à la portière, il nous a regardées arriver, les yeux levés au ciel. Le dernier bulletin météo annonçait de la neige pour la nuit, le moteur tournait et il était prêt à partir travailler.

– Alissa Alexonova, tu as plus de deux heures de retard ! Je te rappelle que tu n'es pas la seule au

* Spécialistes du comportement animal.

monde à travailler. Et peut-être te souviens-tu aussi que tu as un fils trop jeune pour rester seul à la maison…

Maman a tenté de plaider notre cause.

– Excuse-moi, mais on a découvert les traces d'une tigresse. Elle attend certainement des petits. Je ne pouvais pas…

Exactement ce qu'il fallait pour que la grogne de p'pa monte d'un cran.

– Et c'est à moi que tu dis ça ! Un jour, tu vas te faire bouffer par ces bestioles. C'est ton boulot et ça te regarde. Mais, par pitié, n'entraîne pas Felitsa là-dedans !

Il a grimpé dans son KamAZ et a démarré en nous frôlant. Les feux arrière se sont éloignés sous les minuscules flocons qui voletaient dans la nuit.

– Il faut reconnaître qu'il n'a pas tort, a soupiré maman.

D'ici quelques heures, il neigerait à gros flocons et p'pa ne serait pas de retour avant les premières heures du jour. Il était employé par le district. L'été, il n'avait pas grand-chose à faire, mais, pendant les sept ou huit mois que durait l'hiver, il devait être disponible de jour comme de nuit. Prêt à travailler vingt heures d'affilée s'il le fallait, pour déneiger les deux cents kilomètres de route dont il avait la responsabilité entre Kashtakova et la frontière chinoise. Une route sillonnée de camions qui faisaient la navette d'un pays à l'autre et que maman appelait la «route des trafiquants».

Pendant des dizaines d'années, la frontière était restée fermée, hérissée de part et d'autre de barbelés et surveillée en permanence par des militaires réputés pour avoir la gâchette facile. Rien ni personne ne passait.

L'Amour, le fleuve qui séparait les deux pays, était infranchissable et la route, sévèrement contrôlée au-delà de Slobodnié. Quiconque l'empruntait sans autorisation risquait sa vie. Les contrebandiers se comptaient alors sur les doigts d'une seule main. Et puis brusquement, une bonne dizaine d'années avant ma naissance, tout avait changé. Les militaires avaient disparu, les barbelés avaient été cisaillés, la frontière s'était ouverte et les camions avaient commencé à circuler d'une rive à l'autre. En quelques mois, la région était devenue le centre de tous les trafics. Ici, tout s'achetait et tout se vendait.

Y compris les tigres.

De l'autre côté du fleuve, on croyait dur comme fer que manger du tigre rendait aussi fort, puissant et invincible que lui. Les gens broyaient leurs os pour en faire de la poudre, dormaient sur leurs peaux et portaient leurs griffes en pendentif. Ils fabriquaient des pilules avec leurs yeux, des lotions avec leurs cerveaux, des soupes avec leurs queues… Et les plus riches étaient prêts à payer des dizaines de milliers de dollars pour la dépouille entière d'un félin. On parlait de cinquante mille dollars. Et plus encore pour des bêtes d'exception. Des sommes qu'aucun des habitants de Slobodnié n'avait le moindre espoir de gagner un jour.

Sauf les trafiquants.

Pour ceux-là, la réserve était une véritable mine. En cherchant un peu, on y trouvait de tout. D'autant plus facilement que chacun savait qu'Alissa Alexonova, mon garde forestier de mère, était quasiment seule pour surveiller l'immense territoire dont elle était responsable, armée d'une carabine hors d'âge et secondée par une outre à vodka qui passait plus de temps à cuver qu'à organiser ses tournées de surveillance.

8

Allongé par terre, à côté du poêle, Pavka dessinait en chantonnant. Ses deux activités principales.

À la maison, Pavka était un sujet tabou.

Il était capable de passer une journée entière, juché sur le rebord d'une fenêtre, à regarder la taïga. Capable de sortir pieds nus dans la neige sans s'en apercevoir. Capable de discuter des heures avec un oiseau, dans une langue connue de lui seul. Capable de faire des dessins extraordinaires qu'il jetait ensuite dans le poêle, rien que pour le plaisir de voir les flammes les dévorer.

Pour maman, il était un petit garçon comme les autres. « Un peu fantasque peut-être… », et elle accompagnait sa phrase d'un geste de la main comme pour chasser une idée déplaisante.

P'pa évitait d'en parler.

La réalité, c'est que personne ne savait ce qui se passait sous le crâne de mon petit frère. Pavka vivait à des années-lumière d'ici.

En classe, il ne participait à rien, n'ouvrait jamais la bouche et ne jouait avec personne. Il remplissait son cahier de centaines de dessins et prenait un soin méticuleux à ne jamais croiser le regard de madame Sniejana.

– Il faut qu'on parle de ton fils, avait-elle dit à maman, dès la première semaine d'école.

Je m'étais terrée dans un coin de la classe tandis que Pavka, indifférent, dessinait sur un microscopique bout de papier. Les bottes de maman laissaient des traces de boue sur le parquet soigneusement nettoyé de la classe.

– Alissa, avait commencé madame Sniejana, je n'ai jamais eu de gamins comme ton Pavka dans ma classe et je ne suis pas qualifiée pour ce genre de gosse. Tu devrais consulter un spécialiste.

– Dites plutôt que vous ne savez pas le prendre…

Madame Sniejana avait soupiré.

– Ouvre les yeux, Alissa! Je sais que tu ne me portes pas dans ton cœur, mais, pour une fois, écoute-moi. Ton fils n'est pas comme les autres. Et tu le sais aussi bien que moi.

– Un idiot ne dessinerait pas comme il le fait.

– Je n'ai jamais dit qu'il était « idiot », Alissa, mais je...

– Vous ne l'avez pas dit, mais vous l'avez pensé si fort que je l'ai entendu d'ici !

Maman avait claqué la porte. Fin de la discussion. Depuis, mon frère dessinait et chantonnait silencieusement dans le fond de la classe, tout en s'assurant de temps à autre que j'étais toujours présente.

En nous entendant entrer, Pavka a levé le nez de sa feuille.

– Pas vu le tigre, hein ?

Maman s'est précipitée.

– Mais bravo, mon Pavka ! Tu vois que tu parles, quand tu veux ! Non, mon chéri, on n'a pas vu le tigre, mais on a repéré ses traces. J'ai pu les photographier et...

Elle a soudain réalisé que quelque chose clochait.

– Mais, Pavka, comment sais-tu qu'on a repéré les traces d'un tigre ?

Trop tard ! Mon petit frère était déjà reparti dans son monde. Il s'est remis à chantonner. À son habitude, Karitch s'est couché à ses pieds.

Maman s'est approchée. Pavka dessinait un très gros chat dont le corps était en partie recouvert de rayures. Sa gueule s'ouvrait sur un gouffre rouge et noir, bordé de crocs gigantesques. Un dessin inspiré de celui qu'Aleksandr avait fait sur le bras de Kostia. Dans un coin de la feuille, on distinguait deux petites silhouettes. Aucun doute, il s'agissait de maman et moi.

– Il est vraiment très gros, ton tigre, a remarqué maman.

Aucune réaction. Penché sur sa feuille, Pavka ajoutait des détails à son dessin. Quelques instants plus tard, alors qu'il venait de l'achever, j'ai senti les poils de mes bras se hérisser.

– Maman... regarde!

Elle est restée sans voix.

Pavka était en train de dessiner de minuscules bébés dans le ventre de sa grosse tigresse.

– Comment le sais-tu? a murmuré maman.

Pavka s'est mis à tourner sur lui-même à travers la pièce, les bras écartés, sans même un regard pour maman qui contemplait son dessin comme s'il pouvait lui livrer le secret de son fils.

Maman s'est réfugiée dans ce qu'elle appelait son «bocal», le minuscule bureau dans lequel elle entassait la paperasserie administrative qui concernait la réserve : ordinateur, réglementation, dossiers, rapports… Tout ce qu'elle détestait, mais à quoi, en tant que responsable de la réserve, elle ne pouvait échapper.

Elle a envoyé un mail aux membres du Groupe tigres et, le soir même, les scientifiques l'ont ensevelie sous une avalanche de questions. À peine prévenus, ils voulaient déjà tout savoir : avait-elle réussi à localiser la tigresse ? Quand pensait-elle qu'elle allait mettre bas ? Combien de petits portait-elle ? Faisait-elle partie des individus déjà identifiés ?

Autant de questions sans réponses.

Les pièges photo qu'elle a installés au cours des jours suivants n'ont rien donné. La seule trace que maman a repérée était un tronc de bouleau lacéré à coups de griffes.

9

Le dégel est arrivé dans les derniers jours d'avril, accompagné de nuées de moustiques que le redoux faisait éclore par milliers. En quelques jours, le sol s'est couvert de fleurs et le ciel, d'oiseaux qui revenaient nicher à la belle saison dans les marais de la Verkhsnaya. Les arbres et les toitures ruisselaient, le sol gorgé d'eau ressemblait à une éponge. C'est là que, pour la première fois, l'un des pièges photo s'est déclenché au passage de la tigresse.

On la voyait de profil, la gueule mi-ouverte et les flancs rebondis. Rassemblés autour de la table de la cuisine, maman, p'pa, Pavka et moi la dévorions des yeux. Tellement émus que nous ne prononcions plus un mot. Juste au-dessus du pelage blanc de son ventre, ses rayures dessinaient une tache inhabituelle. Presque horizontale, en forme de huit couché.

– On dirait le symbole de l'infini, a enfin murmuré p'pa.

C'était aussi l'avis de « Double Jo » – Jonas Jones, de son vrai nom –, l'un des biologistes de la Zoological Society auxquels maman a immédiatement envoyé le portrait de notre tigresse. Il a répondu le jour même en proposant qu'on l'appelle « miss Infinity », un nom qui a été accepté à l'unanimité. En russe, ça donnait *Barychnia Beskonetchnost*, une combinaison de sons totalement imprononçables pour un gosier étranger.

L'ensemble des membres du Groupe tigres s'accordait sur un point : notre miss était si grosse que la naissance aurait certainement lieu dans les tout prochains jours. Double Jo a même émis l'hypothèse selon laquelle elle portait deux petits.

– Ne la quitte pas d'une semelle, Alissa, écrivait-il dans l'un de ses mails. On compte sur toi.

Plus facile à dire qu'à faire.

À peine entrevue, miss Infinity s'est volatilisée dans la nature.

Au cours des semaines qui ont suivi, les pièges photo sont restés muets et, malgré ses recherches, maman n'a plus repéré la moindre trace de sa présence. Elle revenait de plus en plus tard de ses tournées d'inspection et son inquiétude augmentait de jour en jour. Elle passait ses journées à surveiller les allées et venues des 4 × 4 qui empruntaient les pistes de la réserve, persuadée chaque fois qu'il s'agissait de braconniers lancés sur la piste de notre miss.

La présence d'une tigresse enceinte aux alentours de Slobodnié pouvait-elle avoir échappé aux « Toyota » ?

Toyota, c'était le surnom que les gens du coin donnaient aux braconniers. Les cinquante mille dollars que, de l'autre côté de la frontière, les amateurs étaient prêts à payer pour un tigre correspondaient exactement au prix d'un Toyota Land Cruiser, le plus puissant des 4 × 4 capables de circuler sur les pistes boueuses et enneigées de la région.

Tout le monde savait comment les quatre ou cinq propriétaires de Land Cruiser du coin avaient pu s'offrir des engins pareils. Si discrets qu'on n'entendait pas leur moteur tourner. Et si blancs qu'ils devenaient impossibles à repérer dès les premières neiges.

Tous étaient allés à l'école de « cette vieille peau de Sniejana » en même temps que maman et ils avaient appris ensemble à apprivoiser les dangers de la taïga. Maman était devenue garde forestier, eux traqueurs de tigres. Et ces types-là étaient prêts à tout pour cinquante mille dollars.

Prêts à risquer leur vie si le tigre était plus rapide ou plus malin qu'eux. Prêts à risquer la prison si maman parvenait à les coincer (ce qui n'était encore jamais arrivé). Prêts enfin à supprimer quiconque se mettrait en travers de leur chemin.

Leurs armes de chasse avaient la puissance d'armes de guerre. Quatre trappeurs avaient disparu au cours de ces dernières années sans laisser de traces. Que s'était-il passé ? Les enquêtes de police n'avaient rien donné et un décret signé par un quelconque vice-ministre interdisait désormais aux gardes d'intervenir seuls. Une décision si stupide que maman avait jeté le décret au feu en éclatant de rire. Perdu dans ses cauchemars de l'Afghanistan, Timofeï ne comptait pas. Elle était donc la seule responsable de la réserve et, avec une telle décision, elle se retrouvait dans l'impossibilité de travailler !

– Tu sais pourquoi cet abruti a signé ce torchon ? Parce qu'il est corrompu, Felioucha. Pourri jusqu'à la moelle. Les Toyota lui ont glissé quelques milliers de dollars dans la poche pour qu'il leur laisse la liberté de braconner. Et il l'a fait. Pour dix dollars de plus, il leur vendait sa mère !

10

Mon père n'a remisé son camion qu'à l'approche de l'été. La météo de la région était capricieuse et il était déjà arrivé qu'il neige au mois de mai aussi dru qu'au cœur de l'hiver.

Dernier jour d'école. À l'heure de la sortie, madame Sniejana a offert un livre aux quatre élèves de sa classe qui devaient faire leur prochaine rentrée dans l'une des vyschaia chkola de Kashtakova.

Pour Kostia, un manuel de pêche à la mouche qu'il a enfoui au fond de son sac en marmonnant un *spassibo** inaudible. Un recueil de dessins animaliers pour Aleksandr, et les *Contes et fables* de Tolstoï pour Roksanna. Quant à moi, elle m'a tendu *Le nez*

* Merci.

de Nikolaï Gogol avec, sur la première page, cette dédicace :

Pour Felitsa. Sois heureuse

Heureuse… Le mot ne collait pas du tout avec madame Sniejana. Une femme comme elle, aussi raide, aussi solitaire, aussi sévère, avait-elle jamais été heureuse ? J'ai croisé son regard et, une fois encore, il m'a semblé qu'elle lisait dans mes pensées comme dans un livre.

Dès la sortie, Roksanna a filé chez elle. P'pa est passé prendre Pavka en coup de vent et je me suis retrouvée seule dans la classe avec madame Sniejana. Son éternelle cigarette aux lèvres, elle rangeait les livres, en remplissait de pleins cartons, histoire de leur « refaire une beauté », comme elle disait, pour l'année suivante.

Je me suis balancée d'un pied sur l'autre, avant d'oser lui demander si je pouvais l'aider.

– Tu n'as rien d'autre à faire ?

– J'aime bien les livres. L'année prochaine, je serai à Kashtakova. Je ne les verrai plus…

– Mais tu en verras d'autres.

– Ce ne sera pas pareil.

– En ce cas…

On s'est réparti le travail : je remplissais les cartons et elle les portait chez elle, juste à côté de l'école.

– Tu ne les remplis qu'à moitié. Je n'ai plus l'âge de jouer les déménageurs et rien n'est plus lourd que des livres.

Mais même avec des cartons à demi pleins, madame Sniejana peinait. Elle haletait, s'arrêtait, s'épongeait le visage, repartait, s'arrêtait de nouveau… Je lui ai proposé d'échanger nos rôles, mais elle a refusé d'un signe de tête, trop essoufflée pour parler. Adossée au mur, pâle à faire peur, elle m'a lancé un coup d'œil, l'air de dire : « Ne t'inquiète pas ! » Tandis qu'elle tentait de reprendre souffle, j'ai casé le dernier livre dans le dernier carton. Il en restait une dizaine à porter.

– Je m'occupe de ceux-là, ai-je fait.

– Pas question ! Merci de ton aide, mais maintenant, rentre chez toi. Je vais finir seule.

J'ai aussitôt retrouvé la madame Sniejana que je connaissais depuis des années. Ce même ton sec et cette même voix rocailleuse qui ne laissaient aucune place à la discussion. Elle ordonnait et l'on obéissait.

Je ne sais pas ce qui m'a pris. J'ai soulevé le carton le plus lourd. Il pesait des tonnes, mais je l'ai porté d'une traite jusqu'au seuil de sa maison. La porte était entrouverte. Je suis entrée, je l'ai posé à côté des autres et j'ai regardé autour de moi.

Il y avait des livres partout. Du sol au plafond. Les étagères pliaient sous leur poids. Et çà et là, entre les rayonnages, de vieilles photos en noir et blanc. Des gens, des villes, des paysages... La plus grande était encadrée, bien en vue : un homme encore jeune, lunettes cerclées et barbiche de prof. Glissée dans un angle du cadre, une autre photo, un peu floue, aux coins abîmés. Le même homme mais amaigri, vieilli, le visage marqué, vêtu d'un costume de toile avec un numéro – 378 – cousu sur la poitrine. Sur le nez, de grosses lunettes rafistolées avec de la ficelle. Derrière, on devinait des baraques en bois, de la neige, des arbres... Un prisonnier. Aucun doute possible.

Dans mon dos, la lourde respiration de madame Sniejana m'a fait sursauter. J'ai rougi comme si elle m'avait surprise en train de lui voler quelque chose de précieux.

– Je te présente Viktor Vissarionovitch, mon mari, a-t-elle lâché dans un souffle.

Elle s'est tournée vers la photo.

– Viktor, voici Felitsa.

Malgré moi, je me suis inclinée devant le portrait comme s'il s'agissait d'une personne bien réelle.

Elle a attendu de reprendre souffle pour allumer

une cigarette. Elle regardait les photos, les livres… à croire qu'elle aussi les découvrait.

– Tu es la première à mettre les pieds ici, tu sais.

Je ne quittais pas le portrait des yeux.

– Il était… Enfin, je veux dire, sur la photo, il a un costume de…

– De prisonnier, oui !

Elle a relevé une mèche de ses trois doigts jaunis par le tabac.

– C'était une époque où l'on condamnait les gens pour rien. Une époque où ce pays était dirigé par une poignée d'hommes tout-puissants qui affirmaient agir pour le bien de tous. Ils mentaient. Mais quand on l'a compris, il était trop tard pour revenir en arrière. Une chape de plomb s'est abattue sur nous. Il suffisait de ne pas être de leur avis pour aussitôt devenir un ennemi du peuple tout entier, un animal nuisible voué à l'extermination. Un mot de travers, un voisin malveillant, une lettre interceptée par la censure, un nom de famille qui ne plaisait pas… Et hop ! Tu partais pour les camps, dans des coins invivables, enfermé comme du bétail dans des wagons. Condamné pour cinq, dix, quinze ans… Vingt ans parfois. Viktor en a pris pour quinze ans.

Son visage a disparu derrière un voile de fumée.

– Mais il n'a pas terminé sa peine. Il est mort avant.

Un silence.

– Pourquoi je te raconte ça ? a-t-elle repris.

Je ne savais pas quoi dire.

Elle a pris une petite photo grisâtre sur une étagère et me l'a tendue.

– Il est mort là.

Des baraques en bois, des barbelés, de la neige, des sapins à perte de vue. La taïga se dressait comme une muraille sans fin. Ça ressemblait au Staryï Lagueri, l'ancien camp, le coin où maman et moi avions aperçu pour la première fois les traces de miss Infinity.

– On dirait le…

– Oui. C'est bien ça, a-t-elle coupé. Allez, file maintenant. Et si tu veux des livres, tu sais chez qui sonner !

11

L'été, Roksanna et moi étions inséparables. On ne se lâchait pas d'une semelle. Les jours de canicule, on allait se baigner dans la Verkhsnaya glacée, et on passait un temps fou chez l'une ou l'autre, à écouter de la musique, à se raconter des histoires interminables, à regarder des séries à la télé.

Mais cet été-là, l'été de miss Infinity, rien ne s'est passé comme d'habitude.

Peut-être à cause de ce que Roksanna appelait «faire du shopping». Une activité totalement impensable à Slobodnié, où il n'y avait rien à vendre et encore moins à acheter. Maman ne pouvait même pas imaginer d'aller «perdre son temps» en ville, alors que Roksanna et sa mère n'hésitaient pas à faire du stop sur les cent kilomètres qui nous séparaient de Kashtakova pour flâner dans les magasins. Rien qu'en fringues, la mère de Roksanna pouvait dépenser son salaire du mois en une journée.

Le lendemain du dernier jour de classe, Roksanna et sa mère sont revenues avec du maquillage et deux soutiens-gorge. Les tout premiers de Roksanna. Il a suffi de cette journée pour qu'elle me détrône et devienne la fille « la plus canon » de Slobodnié. Elle passait désormais un temps fou devant sa glace à se mettre du noir aux yeux et à admirer sa poitrine toute neuve, avant d'aller traîner avec la petite bande de Kostia. Elle se trémoussait en écoutant les hits de Bazooka Boom, un groupe qu'on entendait sur toutes les radios. Les garçons n'avaient d'yeux que pour elle. Moi, je n'avais pas de maquillage, je dansais comme un piquet, ma poitrine était aussi plate qu'une planche et j'accompagnais maman en forêt presque tous les jours.

P'pa râlait pour la forme en disant qu'elle allait faire de moi un garçon manqué, ce à quoi maman répondait qu'elle comptait sur moi pour devenir une fille réussie.

« Quand tu connais la taïga, tu connais tout de la vie », disait-elle.

Une sorte de proverbe qu'elle avait inventé à son propre usage.

P'pa haussait les épaules. La vérité, c'est qu'il était soulagé que je ne passe pas mon temps à « traîner », comme il disait, avec les autres.

*
* *

L'été s'avançait et notre miss semblait avoir définitivement disparu.

Assis à la table de la cuisine, Pavka chantonnait en dessinant d'innombrables tigresses, toujours accompagnées de deux petits.

– Pourquoi en dessines-tu toujours deux ? lui a demandé maman, un soir.

Fidèle à son habitude, il a continué de chantonner. Il a pris le temps de dessiner un nouveau duo de bébés tigres. Et puis, juste à côté, deux petits humains : lui et moi.

– Tu veux dire que miss Infinity est comme nous, elle a deux enfants ?

Pavka a affiché un sourire radieux.

– Grrriaouou ! a-t-il répondu en mêlant un grondement de tigre à un miaulement de chat.

C'est devenu son mot favori et, pendant des jours, on n'a plus entendu que des « Grrriaouou » chantonnés sur tous les tons.

12

Il a fallu attendre le début du mois d'août pour avoir enfin des nouvelles de miss Infinity.

C'était l'une de ces journées d'été où la taïga se transforme en fournaise. Il n'avait pas plu depuis des semaines et le ciel était chauffé à blanc. Le vent qui soufflait sans discontinuer asséchait tout, les marais se craquelaient et des tourbillons de chaleur soulevaient parfois des nuages de poussière rousse qui balayaient tout sur leur passage. Maman était sur les dents. Par des temps pareils, la plus petite étincelle, le moindre tesson de verre abandonné par un chasseur pouvait déclencher des incendies que rien, sauf les pluies diluviennes de la fin de l'été, ne parvenait à arrêter.

Ce jour-là, la tournée de maman nous a emmenées à moins d'une demi-heure de marche du Staryï Lagueri, là où, quelques mois plus tôt, alors qu'il gelait à pierre fendre, on avait repéré les premières traces de miss Infinity. Le moteur à peine arrêté, Karitch a filé en aboyant comme un forcené. Quand on l'a rejoint, il grondait à côté des restes sanguinolents d'un élan à demi dévoré.

L'odeur était écœurante. Des essaims de mouches grésillaient autour de sa dépouille tandis que, perchés sur les arbres des alentours, les corbeaux nous guettaient d'un air mauvais. L'arrivée en fanfare de Karitch avait interrompu leur festin.

Maman s'est approchée de la carcasse de l'élan. Agenouillée dans les herbes sèches, elle l'examinait de près, sans aucun dégoût.

L'état des cervicales ne laissait aucun doute sur le meurtrier. Miss Infinity avait utilisé sa technique de chasse favorite : bondir sur sa proie en lui cassant le cou. Avait-elle chassé avec son petit, ou l'avait-elle laissé dans sa tanière pendant qu'elle partait au ravitaillement ?

– Salut, ma tigresse, a murmuré maman.

On a passé le reste de l'après-midi à battre les environs à la recherche d'autres indices de son passage. En vain. Le vent avait tout effacé. Ce n'est qu'à proximité du Staryï Lagueri, au bord d'un trou d'eau à demi asséché, qu'on a enfin déniché ses empreintes au milieu de dizaines d'autres laissées par les animaux que l'humidité attirait.

Les traces des grosses pattes de la tigresse étaient facilement repérables dans l'argile rouge. Deux autres les accompagnaient, plus petites et bien moins profondes. Double Jo et Pavka avaient raison : miss Infinity avait donné naissance non pas à un, mais bien à deux petits.

Affolé par la profusion des odeurs, Karitch filait d'un bord à l'autre du trou d'eau, la truffe à ras de terre tandis que maman photographiait les empreintes.

– Je vais installer un piège photo. Tant qu'il ne pleut pas, elle reviendra boire ici, c'est sûr…

Elle avait à peine fini sa phrase que le vent est brutalement tombé. Plus un souffle. Pas un bruit. La chaleur est montée d'un cran. De lourde, elle est devenue insupportable. Maman s'est redressée, aux aguets.

Les branches, les feuilles, les oiseaux… Rien ne bougeait, la forêt semblait pétrifiée. La touffeur était écrasante et l'odeur des herbes surchauffées, étourdissante. Troublé par le seul grésillement des insectes, le silence semblait si épais que j'avais l'impression de pouvoir le prendre à deux mains. Les ruines des baraquements se dressaient devant nous comme des fantômes. La queue entre les pattes, Karitch frémissait de tout son corps. Impossible de savoir s'il humait la présence proche de la tigresse ou s'il s'agissait d'autre chose.

– Je termine et on file, a murmuré maman. Il ne faut pas rester là.

Elle m'a tendu sa carabine, le temps de fixer le piège photo.

– Au moindre bruit, tu tires en l'air.

Jamais elle ne m'avait confié une telle responsabilité. J'osais à peine respirer, le doigt crispé si fort sur la détente qu'il aurait suffi que j'éternue pour que le coup parte.

Maman se débattait avec la fixation de l'appareil photo et Karitch grondait en sourdine. Je serais incapable de dire combien de temps ça a duré. Et puis, insensiblement, le souffle chaud du vent a repris, le bruissement des branches est revenu, les grondements de Karitch se sont calmés…

La taïga a repris vie.

Maman a épongé la sueur qui dégoulinait de son visage.

Elle m'a tendu le thermos de thé froid avant de boire à son tour et s'est obligée à sourire.

– On dirait que c'est fini, a-t-elle murmuré.

– Qu'est-ce qui s'est passé ?

Elle a regardé autour de nous. Les maigres troncs des bouleaux, le balancement des branches d'épicéa ruisselantes de lichens, les squelettes noircis des baraquements…

– Aucune idée.

– Miss Infinity ? Tu crois que c'était elle ? Qu'elle était dans le coin ?

– Elle n'a pas le pouvoir d'arrêter le vent.

Maman a bu une nouvelle gorgée de thé.

– Je me souviens de moments semblables quand j'étais petite. Quand j'accompagnais mon grand-père à la chasse… On partait tous les deux, on marchait pendant des heures en pleine forêt, à des kilomètres de tout. Et parfois le silence s'abattait sur nous. Aussi étrange qu'aujourd'hui. Irréel… Il tombait d'un coup, n'importe quand, n'importe où, et nous enveloppait comme un cocon. Mon grand-père disait alors que les esprits de la forêt passaient. Les *stranniki*, les « errants », comme il les appelait. Il fallait se taire et baisser les yeux parce qu'ils emmenaient l'âme des morts vers l'au-delà. Dadouchka racontait qu'ils voyageaient à travers la taïga, juchés sur le dos d'Amba, le seigneur tigre, et que tout se taisait à leur passage. Les arbres, les oiseaux... Que les rivières elles-mêmes cessaient parfois de couler.

J'ai regardé les vestiges des baraquements du camp de prisonniers. Des planches aux trois quarts pourries dépassaient entre les sapins qui avaient repoussé. Sur certaines d'entre elles, on distinguait encore des noms gravés dans le bois, illisibles pour la plupart. Maman disait qu'il s'agissait de tombes. Il y en avait des dizaines. Où qu'on porte les yeux, on les apercevait, dissimulées par les herbes, surgissant entre les racines, à demi rongées par les mousses et les champignons... Le mari de madame Sniejana était-il enterré ici ? J'ai revu son visage, avec ses grosses lunettes rafistolées et son air exténué.

– Tu y crois ? ai-je demandé à mi-voix.

– À quoi ?

– Aux stranniki ? Aux esprits de la forêt ? Tu crois qu'ils existent vraiment ?

– Jusqu'à mes dix ans, j'y ai cru dur comme fer. Ensuite, je me suis dit que ce n'étaient que des superstitions de vieil homme. Et maintenant...

Elle a eu un petit geste désabusé.

– Et maintenant je ne sais plus. Ce silence de

tout à l'heure était tellement mystérieux. Comment l'expliquer ? Comment expliquer que tout s'arrête comme ça, aussi brusquement ? Comment expliquer que ça se produise si près de l'ancien camp ? Tant d'hommes sont morts ici. Peut-être les stranniki de mon grand-père nous ont-ils frôlées. Peut-être viennent-ils chercher l'esprit de ceux qui sont enterrés ici...

– À cheval sur le dos de miss Infinity ?

– Peut-être, Felia, peut-être.

13

À peine revenue à la maison, j'ai filé voir madame Sniejana.

Bizarrement, Pavka qui ne demandait jamais rien à personne et pouvait rester des heures à dessiner dans son coin a fait toute une comédie pour m'accompagner. Cris, pleurs, trépignements : son numéro était tellement au point que maman a fini par céder.

– Prends-le avec toi, Felia. Qu'est-ce que ça change ?

Ça changeait que je ne savais pas comment madame Sniejana accepterait la présence de Pavka. Ça changeait surtout que j'avais envie d'être seule avec elle. Elle m'avait proposé de passer prendre des livres, mais je voulais surtout lui parler des stranniki, des esprits de la forêt qui, selon le grand-père de maman, parcouraient la taïga sur le dos du seigneur tigre en emportant l'âme des morts.

Pavka m'a suivie en reniflant, son cahier de dessin et ses feutres sous le bras.

– Entre ! a grogné madame Sniejana avant même que je frappe à sa porte.

Assise à côté de la fenêtre grande ouverte, elle lisait.

Dans le contre-jour, je ne distinguais que sa silhouette noire enveloppée de fumée.

– Je me demandais si tu allais revenir.

– Je… je ne vous dérange pas ? Il y a mon frère aussi… il voulait absolument m'accompagner.

Elle a regardé Pavka sans un mot, nous a fait signe de nous asseoir par terre, à côté d'elle, et est allée chercher deux verres de thé glacé.

– Alors ?

Pavka a ouvert son cahier, s'est traîné sur les fesses vers les rayonnages débordant de bouquins et a commencé à dessiner. On n'a plus entendu que le crissement de ses feutres sur le papier.

À mi-voix, comme s'il s'agissait d'un secret, j'ai tout raconté à madame Sniejana : la présence de miss Infinity, à quelques kilomètres seulement du village, la naissance des petits tigres, leurs traces qu'on avait découvertes, et puis le silence de la taïga, les stranniki, mon arrière-grand-père…

Elle a rallumé une cigarette au mégot de l'ancienne.

– Jamais entendu parler des stranniki, mais je connais cette sensation, Felitsa. Un moment rare… Il n'est pas donné à tout le monde de le vivre. Il faut être attentif, prêt à l'entendre. Prêt à l'accueillir. Imagines-tu que ce lourdaud de Kostia pourrait s'apercevoir de quelque chose ?

L'idée m'a fait sourire.

– C'est réservé à celles et ceux qui savent écouter. Uniquement à ceux-là.

J'entendais sa respiration oppressée, le grattement des feutres de Pavka.

– J'ai parfois l'impression, a-t-elle repris, que Viktor est là, tout proche. Qu'il me frôle… Et pourtant, voilà si longtemps qu'il est mort. Mais c'est comme si le temps n'existait plus, comme si par-delà les années nous étions toujours capables de chuchoter à l'oreille de l'autre. Je ne me souviens plus de la dernière fois où nos mains se sont effleurées. C'était au camp, bien sûr, plusieurs semaines avant sa mort. Comment ai-je pu oublier un moment pareil ? Alors, de temps en temps, il revient. Comme s'il n'avait jamais quitté ces lieux, comme s'il voulait s'assurer que je suis bien là. Je l'entends dans le silence, je lui parle, je lui raconte ce qui se passe ici et ailleurs, je lui dis des poèmes…

– Quand on vous voit parler toute seule ?

– Mmm… Voilà pourquoi mes élèves me prennent parfois pour une sorcière à demi folle. Mais pas toi, n'est-ce pas ?

J'ai rougi et, pour la première fois, j'ai entendu le rire de madame Sniejana. Un rire qui s'est transformé en une interminable quinte de toux. Je lui ai apporté un verre d'eau, elle m'a remerciée d'un regard, tout en continuant de tousser.

– Rien de grave, a-t-elle grondé. C'est cette saleté qui en train de me faire la peau.

Elle désignait son paquet de cigarettes.

– Bon. Tu venais pour prendre un livre. Sers-toi !

Elle a eu un geste vers les murs tapissés de bouquins.

– Et montre-moi ce que tu as choisi, que je n'aie pas d'ennuis avec tes parents.

Je me suis retenue de lui dire que jamais maman ne se préoccupait de mes lectures. Elle devait s'en douter. Un peu hésitante, j'ai parcouru les rayonnages. Madame Sniejana faisait le guide.

– Là, tu as les contes… et ici, les romans russes. Attends pour les lire. Tu t'y perdrais… Là, ce sont les romans français… Sur ce rayon, la science-fiction, et ici, la poésie…

– Vous avez tout lu ?

– Pas tout. Mais beaucoup.

Comment était-il possible de venir à bout d'une telle quantité de livres ? Il fallait des dizaines de vies. C'est peut-être pour ça que madame Sniejana était si vieille.

Mon regard s'est soudain arrêté sur un petit livre à la couverture bleue : Doria Sniejana – *L'éternité minuscule*. Le souffle un peu court, j'ai tendu la main vers lui.

– C'est vous qui… Je veux dire… c'est vraiment vous qui l'avez écrit ?

Ça me semblait absolument impossible.

– Oui, c'est vraiment moi. Mais ne perds pas ton temps avec ça. Si tu veux de la poésie, prends quelqu'un de bien. Anna Akhmatova, par exemple.

Elle a choisi un livre, *Élégies du Nord*, l'a feuilleté et a commencé à lire de sa voix grave. Presque une voix d'homme.

L'époque sévère

M'a détournée comme un fleuve vers

Un autre lit. On m'a changé de vie.

Voici qu'elle coule à présent ailleurs.

Je n'y comprenais rien, elle s'en est aperçue.

– Excuse-moi. Je vais plus vite que la musique. Akhmatova, ce sera pour plus tard ! En attendant… Tiens ! Lis-moi ça, tu m'en diras des nouvelles et file maintenant ! Je t'ai assez vue pour aujourd'hui !

Elle m'a glissé un livre entre les mains sans me laisser le temps de lire son titre et je me suis dirigée vers la porte.

– Tu me laisses ton frère ?

J'ai pouffé de rire. J'avais complètement oublié Pavka. Assis en tailleur devant la photo de Viktor Vissarionovitch, il l'avait recopiée trait pour trait sur une page de son bloc à dessin. Tout y était, le regard aiguisé, la barbiche, les lunettes…

Madame Sniejana s'est approchée.

– Je peux regarder ? a-t-elle demandé en tendant la main vers le dessin.

Sa voix n'était qu'un souffle.

Pavka a déchiré la page de son cahier, l'a pliée et repliée jusqu'à en faire une petite boule de papier qu'il a glissée dans la main de madame Sniejana.

– Filez maintenant !

Elle a ouvert sa porte. Dans sa main à trois doigts,

elle serrait le portrait froissé que Pavka avait fait de son mari.

Ce n'est qu'une fois dehors que j'ai regardé le titre du livre qu'elle m'avait prêté : Rudyard Kipling, *Le livre de la jungle.*

Quand j'étais petite, j'avais vu des dizaines de fois le film de Walt Disney et j'étais capable de chanter par cœur la chanson de Baloo. Mais je découvrais seulement maintenant que *Le livre de la jungle* existait bien avant Disney.

J'étais encore devant la maison de madame Sniejana, à le feuilleter, quand j'ai senti qu'on m'observait. J'ai levé les yeux et croisé le regard interloqué de Roksanna maquillée comme pour un mariage. Elle nous avait vus sortir de chez madame Sniejana et nous fixait, Pavka et moi, comme si nous étions des extraterrestres.

14

Quelques jours plus tard, alors que j'avais, pour une fois, passé la journée à la maison, maman est revenue de sa tournée bien plus tôt que d'habitude, excitée comme une gamine.

– Non, mais regardez-moi ça, les enfants ! Regardez !

Elle brandissait le premier cliché de la famille Infinity.

La miss et ses petits se tenaient au bord du trou d'eau, à laper la flaque boueuse qui y stagnait. Autour d'eux, la terre rouge était craquelée par la sécheresse. L'un des petits avait le même pelage que sa mère : doré et rayé de noir, mais celui qui attirait tous les regards, c'était l'autre. Un petit tigre dont les rayures se détachaient sur un pelage entièrement blanc. Ses yeux très bleus, fixés droit sur l'objectif, semblaient nous regarder. On est tous restés sans voix. Émerveillé, Pavka caressait la photo du bout du doigt.

– Un albinos ? a murmuré p'pa au bout d'un moment.

Maman ne quittait pas la photo des yeux.

– Non, c'est autre chose. Jamais vu ça ailleurs que sur des photos. Bon sang ! C'est tellement rare qu'on dirait un… un…

– Fantôme, a alors chantonné Pavka.

Maman lui a lancé un regard admiratif.

– C'est exactement ça, mon Pavka. Un petit tigre fantomatique.

Elle a aussitôt envoyé la photo aux membres du Groupe tigres, en proposant que les enfants de miss Infinity s'appellent Prizrak et Zolotoï. Fantôme et Doré.

Double Jo a répondu dans la minute en souhaitant longue vie à « Priz » et à « Zolot ».

« J'espère pouvoir te rejoindre à Slobodnié dans le courant de l'été, ajoutait-il dans son mail. Il faut à tout prix mettre un collier émetteur à la mère. On tient là une occasion unique d'observer comment elle s'y prend pour élever ses petits. »

Les colliers émetteurs permettaient de suivre

l'animal dans ses moindres déplacements. Les signaux qu'ils envoyaient à un satellite perché à des centaines de kilomètres au-dessus de nos têtes permettaient de localiser les tigres au mètre près… Sauf que les tigres ne se laissaient pas facilement passer un collier autour du cou. La plupart des gardes forestiers se débrouillaient pour prendre d'abord les animaux au piège avant de les anesthésier quelques minutes, le temps de fixer le collier.

Une technique dont maman ne voulait même pas entendre parler.

– On est là pour protéger les tigres. Pas pour les stresser en les piégeant.

Double Jo était prévenu. S'il voulait passer un collier au cou de la miss, il faudrait d'abord la repérer sur son territoire, puis l'approcher et enfin l'endormir… Ça pouvait prendre des jours, c'était risqué, et rien n'était garanti. Le plus difficile était de s'approcher suffisamment du tigre pour lui injecter une dose d'anesthésiant avec un fusil à air comprimé.

Quant aux petits, ils allaient grandir. Impossible de leur passer un collier qui, à la longue, les aurait étranglés. Double Jo proposait de leur agrafer une « boucle d'oreille » munie d'une puce. C'était moins fiable que le collier parce qu'ils pouvaient l'arracher en jouant ou en se frottant contre un arbre, mais il n'y avait pas le choix.

Il avait ajouté à son mail un post-scriptum que maman a lu à mi-voix :

Prends bien soin de notre miss et de ses enfants, Alissa. On compte sur toi pour protéger notre petit fantôme et son frère doré de tous les salauds qui vont en vouloir à leurs peaux.

La rareté du pelage de Priz en faisait une proie de choix pour les braconniers. Maman a soupiré tandis qu'assis à la table de la cuisine Pavka reprenait tous ses dessins un à un pour blanchir le pelage du petit « fantôme » et lui dessiner des yeux bleus.

15

Maman connaissait les habitudes de chacune des espèces de la réserve, les pâtures préférées des daims, les points d'eau qu'ils fréquentaient, les berges où les papillons azurés se réunissaient par centaines, les souilles où les sangliers s'enduisaient de boue pour échapper aux piqûres des taons…

De mémoire d'homme, personne n'avait jamais vu la Verkhsnaya à sec. Ours, loups, lynx, chevreuils ou cerfs s'y côtoyaient en période de sécheresse, guettant l'arrivée ou le départ de l'autre pour boire ou déguerpir. Maman appelait ça « le grand rendez-vous ». Chaque année, au cœur de l'été, elle passait des journées entières sur les berges de la rivière à dénombrer les animaux qui venaient s'y abreuver pour avoir une « photographie » en temps réel des espèces de la réserve.

– Tu viens demain avec moi, Felioucha ?

Elle avait prévu de partir bien avant l'aube pour être sur place dès le lever du soleil, l'un des moments, avec la tombée du jour, que les animaux choisissent pour boire. L'idée de me réveiller en pleine nuit ne m'enchantait pas vraiment.

– Grrriaouou tigres ! a soufflé Pavka en sautillant d'un pied sur l'autre, comme s'il avait envie de faire pipi.

Il s'est frotté contre mes jambes comme un gros chat et a filé en chantonnant son « Grrriaouou tigres » sur tous les tons.

C'est ce qui m'a décidé à accepter.

16

Chez nous, les nuits d'été peuvent être aussi glaciales que les journées sont brûlantes. Je me suis retrouvée à grelotter dans le 4 × 4 de maman tandis que les phares du Patriot perçaient la brume du petit jour, piégeant de temps à autre un daim ou un cerf en vadrouille. Les Rolling Stones nous accompagnaient en sourdine. *Angie, Angie, when will those clouds all disappear…*

Maman, qui parle anglais aussi mal que possible, chantonnait à peu près n'importe quoi en « yaourt ».

Elle a stoppé au bout de la piste et on a continué à pied, par des chemins si étroits qu'elle devait être la seule à les connaître. Le soleil ne se montrait pas encore, les herbes ruisselaient de rosée et la rivière fumait comme une bouilloire. Son niveau était au plus bas et découvrait de grandes plages de sable et de rochers parsemées de flaques d'eau croupie qui puaient la vase et les herbes pourries.

– On va certainement voir des ours, a soufflé maman.

C'était la fin de la période de frai des saumons, et quelques-uns tentaient encore de remonter la rivière pour se reproduire. De temps à autre, un mâle rassemblait ses dernières forces pour franchir une barre rocheuse. On apercevait son dos rouge au ras de la surface. Il bondissait hors de l'eau, retombait dans une gerbe et recommençait inlassablement, quitte à mourir d'épuisement. Les ours qui passaient par là n'avaient qu'à lancer la patte pour s'offrir un festin.

On s'est glissées dans l'un des postes d'observation favoris de ma mère, un méandre dégagé d'arbres sur les deux côtés et d'où l'on dominait une bonne partie des berges.

– Pas un mot, plus un geste ! a-t-elle fait en me tendant une paire de jumelles.

L'humidité a mis deux secondes avant d'imprégner mes vêtements. Tandis que je serrais les mâchoires pour ne pas claquer des dents, un soleil froid, rouge et rond comme un phare s'est glissé entre les écharpes de brume. Notre premier client a été un élan isolé, un vieux mâle avec une ramure gigantesque. Il a longuement humé le vent et a bu à longs traits, enfoncé dans l'eau jusqu'au poitrail.

D'autres bêtes ont suivi, quelques sangliers, un petit renard apeuré qui a filé ventre à terre après avoir plongé son museau dans l'eau, une fraction de seconde, deux antilopes saïgas, un blaireau… Mais aucun ours.

À demi engourdie par l'humidité, je ne faisais plus trop attention à ce qui se passait lorsque maman m'a effleuré l'épaule. J'ai compris à son regard que je ne devais pas faire le moindre bruit. J'ai lentement braqué mes jumelles dans la direction qu'elle indiquait.

Miss Infinity était là ! Juste dans la courbe du méandre, accompagnée de ses petits qui pataugeaient à mi-pattes. Priz et Zolot lapaient l'eau, leurs langues roses allaient et venaient dans un mouvement parfaitement régulier. Ramassée sur elle-même, leur mère surveillait les alentours, les paupières mi-closes, comme pour mieux affûter son regard, les narines dilatées, prête à bondir à la moindre alerte. On était à contrevent. Tant qu'on restait immobiles, elle ne pouvait pas déceler notre présence.

Combien de temps les a-t-on observés, elle et ses enfants ? Quelques secondes ou peut-être de longues minutes. Je ne sais pas. Le temps ne comptait plus. Les petits roulaient sur le dos, se pourchassaient, se mordillaient, escaladaient les flancs de leur mère, qui les repoussait d'un léger coup de patte. On retenait notre souffle, médusées. Un saumon a jailli hors de l'eau, les deux petits se sont soudain lancés à sa poursuite sur la berge.

Et puis j'ai bougé. Trois fois rien. Un léger mouvement de ma jambe ankylosée. Totalement silencieux. Du moins je le croyais. Miss Infinity s'est redressée comme un ressort, les babines retroussées sur une redoutable rangée de crocs. Les deux petits ont bondi en arrière et, en l'espace d'une seconde, tous trois ont disparu entre les arbres, laissant la berge déserte.

Quelques instants plus tard, un rugissement a secoué le silence. Un grondement rauque et grave qui semblait provenir de tous les coins de la forêt à la fois. Il a résonné jusqu'au creux de mon ventre, si puissant que, pendant un instant, j'en suis restée paralysée. Il n'y avait aucun doute sur le sens du message de miss Infinity. Malheur à qui osait approcher ses enfants!

Le soleil était maintenant bien au-dessus de

l'horizon et la chaleur grimpait rapidement. L'odeur des herbes surchauffées nous enveloppait. Les animaux allaient se terrer et ne reviendraient pas avant la tombée du jour.

On a repris la piste sans échanger un mot. J'étais furieuse d'avoir fait fuir miss Infinity. Et maman semblait plus furieuse encore.

– On ne doit pas être beaucoup plus d'une dizaine au monde à avoir assisté à un tel spectacle, tu sais.

Elle a démarré en soulevant derrière nous un nuage de poussière rousse, a remis *Angie* pour la énième fois… et pilé net sur l'accord final.

17

– Qu'est-ce que c'est que ça, Felia ?

J'avais été à bonne école. J'ai tout de suite compris de quoi maman parlait. Dans la poussière, à demi effacées par le vent, on devinait les traces d'un 4 × 4 qui avait quitté la piste pour s'enfoncer entre les arbres. Les herbes et les arbustes écrasés au passage marquaient son passage aussi clairement qu'une route. C'était tout récent, quelques heures à peine.

Maman s'est engagée à la vitesse du pas sur les traces du 4 × 4 tandis que, les yeux rivés aux jumelles, j'inspectais les environs.

– Merde ! a-t-elle fait au bout d'un moment, on revient sur nos pas. Ce type a cherché à rejoindre la rivière.

On s'est regardées. On pensait toutes les deux la

même chose. Était-il possible que quelqu'un nous ait suivies ce matin et se soit lui aussi embusqué à proximité de la rivière pour observer miss Infinity et ses deux petits ?

Maman a pris le temps de sortir sa carabine de son étui.

– S'il savait dans quoi je t'embarque, ton père serait furieux…

– On n'est pas obligées de lui dire.

– Excellente ligne de conduite, a-t-elle approuvé.

Malgré les précautions de maman, le nuage de poussière qu'on soulevait devait s'apercevoir à des kilomètres.

– Là !

Un 4 × 4 était dissimulé derrière les branches basses d'un gros mélèze. Maman s'est arrêtée pour sortir ses jumelles : une ruine à moteur.

La Lada du père de Kostia.

La piste était maintenant loin derrière nous, mais la Verkhsnaya ne se trouvait qu'à quelques minutes de marche. Maman a pris sa carabine.

– Attends-moi ici, a-t-elle soufflé.

– Pas question ! Je ne veux pas rester seule.

– Je ne te demande pas ton avis.

– Je viens avec toi !

– Écoute, Felia, a-t-elle soupiré, le moment est mal choisi pour…

Elle n'a pas eu le temps de finir.

– Tiens, tiens ! Mais qui voilà ? On dirait bien que c'est notre fliquette des bois ! Salut, les filles ! Avec toute cette poussière, on vous repère de loin ! Ça détruit un peu l'effet de surprise…

Kostia et son père nous regardaient, hilares.

– Qu'est-ce que tu fais là ? a aboyé maman.

– Avec Kostia, on s'est dit qu'on allait tenter notre chance aux champignons.

Le visage fendu jusqu'aux oreilles, Grigor désignait le panier que portait Kostia. Vide.

– Tu te fous de moi ? a jeté maman. Des champignons ? Par une sécheresse pareille ?

– On peut toujours tenter sa chance… Et puis la taïga appartient à tout le monde, non ?

Kostia était en T-shirt. Je ne quittais pas des yeux le dessin du tigre sur son avant-bras. Aleksandr avait corrigé sa loucherie depuis longtemps et, tous les trois ou quatre jours, il repassait son dessin au stylo-bille pour qu'il ne s'efface pas.

– Je peux inspecter ton véhicule ?

Pure formule de politesse. Maman avait déjà ouvert le coffre.

Grigor a claqué les talons en se mettant au garde-à-vous.

– À vos ordres !

– Arrête tes singeries, tu veux, a grondé maman.

Grigor a souri.

– T'es encore plus sexy quand t'es de mauvais poil. Des fois, je me demande pourquoi je ne t'ai pas épousée.

J'ai rougi jusqu'aux oreilles tandis que Kostia pouffait.

Maman n'a fait aucune remarque, elle fouillait dans le bazar qui encombrait le coffre de Grigor. Sans rien trouver. Elle a fini par se relever.

– Je suis donc un citoyen exemplaire, a conclu le père de Kostia.

– Personne n'en doute, mais sors quand même ta roue de secours, a demandé maman.

– Et puis quoi encore ? Je vais devoir démonter la voiture, boulon par boulon ?

– Grigor, s'il te plaît !

Le ton était cassant. Grigor a haussé les épaules et a posé la roue de secours sur le sol.

– Voilà. Et maintenant je fais quoi ? Je nettoie le carburateur ? Je m'occupe de la vidange ?

Maman a glissé la main dans un recoin presque

inaccessible, juste sous l'emplacement de la roue de secours. Elle en a sorti une lunette de tir toute neuve, soigneusement rangée dans son étui, et a siffloté.

– Avec une visée laser, en plus ! Tu ne te refuses rien.

Grigor a allumé une cigarette.

– Éteins ça ! Tu vas flanquer le feu. Tu sais que ce type de lunette n'est pas autorisé sur le territoire de la réserve…

– Elle est rangée dans sa boîte, a fait Grigor en continuant à tirer sur sa cigarette. Je ne l'utilise pas.

– Bien sûr. C'est d'ailleurs pour ça que tu l'as achetée, non ? Pour ne pas l'utiliser.

Le père de Kostia a pris un air de persécuté.

– De toute façon, tu rêves de me mettre dedans. Tu ne penses qu'à ça. Alors vas-y, colle-moi une prune, qu'on en finisse !

Maman continuait sa fouille.

Elle a fini par dénicher une carte de la réserve, coincée sous les ressorts déglingués du siège conducteur. Elle l'a parcourue attentivement.

– Les cartes aussi sont interdites ?

Du doigt, maman a désigné des emplacements sur la carte.

– Ces croix, là… À quoi elles correspondent ?

– Coins à champignons. Je te les conseille.

Maman ne quittait pas Grigor des yeux.

– Fais attention, a-t-elle dit.

– À quoi ?

– Fais attention. C'est tout.

– Je te trouve bien cachottière.

– Il y a des choses à ne pas faire dans la réserve, Grigor, un règlement, et je suis là pour les faire respecter.

Il a lâché un nuage de fumée.

– Comprends rien de ce que tu dis. Je n'ai pas le droit d'avoir une carte ? Pas le droit de marquer des repères ? C'est une nouvelle réglementation de madame la grande cheftaine ?

– Je saisis la lunette et je te mets un PV, a répondu maman. Je le déposerai chez toi, ce soir.

Les muscles des maxillaires de Grigor se sont contractés.

– Viens, Kostia. On se tire.

Et il a démarré en faisant patiner ses roues dans la poussière. J'ai regardé ma mère.

– Qu'est-ce qu'il y avait sur la carte ?

– Des croix tracées au crayon… Elles correspondent toutes plus ou moins à des endroits que fréquente miss Infinity. L'emplacement où on l'a aperçue ce matin est déjà noté.

– Et tu l'as laissé repartir avec !

– Je ne peux pas faire autrement. Ce n'est pas interdit. De toute façon, Grigor n'a pas besoin de ça pour s'y retrouver.

18

Le professeur Jonas Jones a déboulé sans prévenir, une dizaine de jours plus tard, alors que le ciel se couvrait d'énormes nuages noirs, annonciateurs des orages de fin d'été.

Il était accompagné de deux assistants, Gabrielle et Walter, une Française et un Australien. Tous trois se sont installés dans la petite maison que maman réservait aux membres du Groupe tigres. Dès les premières années, elle avait mis les choses au clair : elle était garde forestier, responsable de la réserve et guide. Pas cuisinière et encore moins femme de ménage. Si les scientifiques avaient faim, ils n'avaient qu'à faire la cuisine, et, si la poussière les dérangeait, ils n'avaient qu'à prendre un balai. Ça n'a pas empêché ma mère d'inviter Double Jo et ses assistants, le soir de leur arrivée.

Pavka a ouvert de grands yeux en découvrant la Française. Une fille blonde, à la peau incroyablement claire et aux yeux si bleus qu'on aurait dit deux morceaux de ciel. Une femme comme on n'en voyait qu'à la télévision, mais qu'on ne croisait jamais à Slobodnié où, à l'exception de madame Sniejana, nous avions tous les cheveux noir de jais, la peau mate et les yeux bridés. Pavka a passé la soirée à faire des portraits de Gabrielle en usant la moitié de ses crayons jaunes rien que pour ses cheveux. Il chantonnait sa trouvaille du jour sur tous les tons, quelque chose qui ressemblait à « planki, planka ».

P'pa a sorti une bouteille de vodka et il n'a plus été question que de miss Infinity, de Priz et de Zolot. Double Jo et ses assistants se passaient et se repassaient les photos prises par les pièges. Penchés sur une carte de la réserve, ils discutaient avec maman de l'étendue de son territoire de chasse et des lieux où l'on avait les meilleures chances de pouvoir l'observer.

– On s'y met dès demain, Alissa. Je n'ai que huit jours devant moi. Il faut absolument qu'on ait installé le collier émetteur et les « boucles d'oreilles » de nos loustics avant notre départ.

Double Jo parlait un drôle de russe, mêlé d'anglais et de mots de son invention, mais, une fois l'habitude prise, on comprenait presque tout. De temps à autre, il traduisait pour la Française et l'Australien.

– Tu penses pouvoir facilement localiser la miss? a-t-il demandé à maman.

Elle a grimacé en désignant la fenêtre. La nuit était d'un noir d'encre, traversée de grands éclairs silencieux.

– Tout dépend du ciel.

– Qu'est-ce qu'il vient faire là-dedans?

– Si on a des orages secs, sans pluie, comme ça arrive parfois en cette saison, on a des chances de trouver notre miss là où on l'a observée l'autre jour avec Felia. Elle viendra boire à la rivière. Mais s'il se met à pleuvoir, les trous d'eau seront à nouveau pleins et elle pourra boire n'importe où. Elle sera bien plus difficile à repérer.

Double Jo, qui avait bu pas mal de petits verres de vodka, est aussitôt tombé à genoux, les bras en croix, face à la fenêtre.

– Ô grandissime dieu des orages, a-t-il beuglé, retiens-toi encore quelques jours! Laisse le pauvre chercheur que je suis faire son travail.

Dans son charabia, ça ressemblait à : « Oh, très dieu grand des orages, tiens-toi quelques jours ! Permets le chercheur pauvre que je suis de faire sa travaillitude. »

Et il s'est prosterné le front contre le sol. Les adultes ont éclaté de rire tandis que, vaguement mal à l'aise, je regardais ce grand type qui se mettait tout à coup à faire le pitre. Pavka, lui, n'a pas hésité très longtemps. Il s'est précipité à côté de Double Jo et s'est à son tour prosterné devant la fenêtre en braillant son mot du jour.

– Planki, planka ! Planki, planka !

– Ouais ! Tu as raison, l'a encouragé Double Jo. Planki, planka ! Faut bien ça pour implorer le grand dieu des orages !

Ils ont continué leur cirque tandis que les éclairs tailladaient le ciel et que les grondements du tonnerre se rapprochaient.

Pavka était aux anges et Double Jo riait si fort qu'il en avait les larmes aux yeux. Il a fini par se relever et a tendu son verre à p'pa.

– Andreï, ressers-moi un verre ! Faut tout faire dans ce boulot, a-t-il grogné, y compris intercéder auprès des dieux !

En réponse à sa prière, un coup de tonnerre a

ébranlé les vitres. Les ampoules de la maison ont clignoté sous le choc.

– Merde ! a-t-il lâché. On a fâché le grand dieu des orages ! On a raté notre coup, Pavka. Il a cru qu'on se foutait de lui.

Pavka a pris une mine consternée.

Il ne pleuvait toujours pas, mais les éclairs jaillissaient à une telle fréquence que, par instants, on y voyait comme en plein jour. Le tonnerre roulait au-dessus des arbres et la taïga résonnait comme un tambour. Mon père a ouvert la porte. Une bourrasque de vent tiède s'est engouffrée dans la maison.

– Le vent reste orienté au sud, a-t-il fait. Le dieu des orages est en train d'exaucer ta prière.

– Tu veux dire qu'il ne va pas pleuvoir ?

– Pas avec ce vent, en tout cas.

– Yahououou ! a braillé Double Jo. Alors on y va dès demain matin !

Il a attrapé Pavka par les mains et ils se sont mis à tournoyer en chantant « Planki, planka ! » à tue-tête.

Double Jo a fini par se laisser tomber sur une chaise, rouge comme une écrevisse et à bout de souffle, tandis que Pavka se tordait de rire. Je me suis demandé s'il était possible d'observer quoi que ce soit avec un tel énergumène.

Double Jo est subitement redevenu sérieux. Il a pris maman par le bras.

– Bon ! Parlons boulot. La difficulté, ça va être d'endormir toute la petite famille d'un seul coup. Si on en rate un, ce sera la panique. Et j'aime mieux ne pas penser à ce qui se passera si on loupe la mère alors que ses deux petits sont endormis… Il nous faut trois tireurs sûrs de leur coup.

Il a levé la main en dressant son pouce.

– D'abord, il y a toi, Alissa. Et d'un ! Je me débrouille plutôt bien, je peux faire le deuxième. Et de deux !

Il a relevé son index.

– Reste le troisième…

Double Jo s'est tourné vers l'Australien, puis vers la Française, qui ont tous deux secoué la tête.

– Et toi, Andreï ?

P'pa a souri.

– Échec assuré ! Je suis le pire tireur de la région. Et puis je ne peux pas laisser Pavka tout seul.

Double Jo s'est tourné vers maman.

– Alors qui ?

Les yeux de maman se sont posés sur moi.

– Felia.

Mon cœur a raté un battement. Double Jo est

resté muet. Un éclair a jailli, le tonnerre a craqué, et la foudre est tombée si près que la maison a tremblé de toute sa carcasse.

– Mais c'est une gamine ! a-t-il enfin lâché. On ne peut pas lui confier un tel…

Maman a secoué la tête.

– Une gamine qui m'accompagne depuis des années. Je lui apprends tout ce que je sais, y compris à tirer. Et à ce jeu-là, elle est peut-être meilleure que toi.

– Et si… Enfin, je veux dire… Ça peut être dangereux et je…

– Toi, tu es biologiste, et moi, je suis guide, a coupé maman. À chacun son domaine. Pour tout ce qui est scientifique, c'est toi qui décides et je ne m'en mêle pas, mais, pour l'organisation, tu me laisses faire. Si ça ne te plaît pas, tu changes de guide.

– OK, OK ! Ne te fâche pas.

Maman a souri.

– Je ne me fâche pas, monsieur le professeur, je précise les rôles. Donc, je me charge d'endormir miss Infinity, toi, tu prends Zolot, et Felia s'occupera de Priz.

Nouveau pincement au cœur. Pourquoi maman me choisissait-elle pour endormir le petit fantôme ?

Une bourrasque de vent a secoué la maison. Les éclairs crépitaient de toutes parts et le tonnerre ne cessait de rouler au-dessus de la taïga. Double Jo me fixait comme s'il venait seulement de découvrir mon existence.

19

Je me suis redressée d'un bond sur mon lit, le cœur battant. Les éclairs sillonnaient la nuit, la chaleur était suffocante et quelque chose venait de grincer dans la chambre. Des pas sur le plancher, tout proches.

À la lueur d'un éclair, j'ai aperçu la petite silhouette de Pavka. Le nez collé à la fenêtre, il contemplait l'orage. Les éclairs le nappaient d'une drôle de lumière bleutée. Il ressemblait à un fantôme, mais le plus étrange, c'était le silence. Après les coups de tonnerre fracassants de la soirée, il n'y avait plus un bruit. Pas même un grondement lointain. Un orage muet.

Je me suis approchée de mon frère.

– Qu'est-ce que tu fais là, petit Pavka ? Faut dormir.

Il a posé un doigt sur ses lèvres et a glissé sa

main dans la mienne. Les éclairs nous aveuglaient et semblaient jaillir de tous les horizons à la fois, illuminant les nuages de l'intérieur. Brassée par le vent, la taïga ressemblait à une mer.

– Regarde, beau ! a-t-il soufflé.

Il m'a soudain serré la main. Je l'ai senti se tendre.

Là-bas, sur la crête, juste au-dessus de la maison de Klara, trois silhouettes venaient d'apparaître. Un animal assez grand, suivis de deux petits qui surgissaient ou disparaissaient au gré des éclairs. Le front appuyé sur la vitre, Pavka et moi regardions de tous nos yeux, le souffle court.

Un nouvel éclair. Et puis plus rien. Les silhouettes ont replongé dans l'obscurité. J'aurais juré qu'il s'agissait de miss Infinity, de Priz et de Zolot.

20

Les orages s'étaient éloignés, la nuit était d'un noir d'encre et chacun buvait son café en silence. J'étais prête à parier que personne n'avait fermé l'œil de la nuit.

Je ne cessais de repenser à ce que Pavka et moi avions aperçu. Miss Infinity s'était-elle réellement aventurée à la lisière du village sans que les chiens se mettent à aboyer ? Était-il possible qu'elle ait emmené ses petits du côté des hommes pour les mettre en garde contre leur seul ennemi ?

J'avais peut-être tout rêvé.

Ou peut-être pas.

Je n'ai rien dit à maman. De toute façon, elle ne m'aurait pas écoutée, absorbée qu'elle était à charger le matériel dans le coffre du Patriot. Pour la millième fois, elle s'est assurée de la fixation des lunettes de visée, a vérifié le fonctionnement des carabines à air comprimé et m'en a tendu une.

– Tiens. La plus légère.

– Mais je n'ai jamais tiré avec ça, ai-je soufflé.

Double Jo m'a jeté un coup d'œil soupçonneux.

– C'est exactement la même chose qu'avec ma vieille carabine, a fait maman, mais en beaucoup plus silencieux.

J'ai collé l'œil à la lunette avant de la braquer sur la taïga. D'ici quelques heures, j'allais viser le pelage blanc de Priz. Et rien qu'à cette idée, je sentais ma peau se hérisser.

Maman a garé le Patriot au bout de la piste.

Elle a vérifié une dernière fois le bon dosage de l'anesthésiant dans les fléchettes hypodermiques. Elle en avait longuement débattu avec Double Jo. Il fallait que miss Infinity, Priz et Zolot s'endorment et se réveillent en même temps, et qu'ils ne dorment pas plus d'une demi-heure pour ne pas être bouleversés dans leurs habitudes.

Pendant ce temps, Double Jo et Walter contrôlaient le fonctionnement du collier et des « boucles d'oreilles ». Ils devaient envoyer un signal toutes les heures. Les batteries assureraient un fonctionnement d'environ deux ans. Au-delà, il faudrait de nouveau endormir la miss pour en changer.

On est arrivés au poste d'observation bien avant le petit jour. De grands bancs de brume montaient de la Verkhsnaya, qui clapotait dans l'obscurité. Dernières consignes. D'un geste de la main, maman nous donnerait le signal de tirer. Gabrielle était chargée de prendre des photos, et Walter porterait le matériel nécessaire à l'installation du collier et des puces.

– Maintenant, a soufflé maman, silence absolu.

Et l'on a attendu.

L'horizon s'éclaircissait peu à peu. Après une nuit étouffante, le petit matin était glacial. J'ai échangé un sourire avec Gabrielle, qui avait l'air aussi gelée que moi.

Notre premier « client » a été un ours brun. Dressé sur ses pattes arrière, il a longuement humé l'air autour de lui avant de boire à grands traits, tout en guettant les bonds des poissons du coin de l'œil. Malgré le peu de lumière, Gabrielle lui a silencieusement tiré le portrait. D'autres animaux ont suivi, des antilopes saïgas, des sangliers, une zibeline… Le soleil se glissait entre les nuages, l'air se réchauffait doucement et la brume se dissipait. Les mains crispées sur le fusil à air comprimé, je m'efforçais de ne pas faire le moindre mouvement, malgré les contractures de mes muscles. Double Jo et ses assistants ne semblaient pas en meilleur état et grimaçaient lorsqu'ils sentaient la douleur d'une crampe envahir soudain une jambe. Seule maman restait imperturbable. Les yeux rivés à ses jumelles, elle observait les berges.

À demi masqué par de gros nuages noirs, le soleil a émergé au-dessus des arbres. La chaleur est montée d'un cran et le grésillement lancinant des insectes a bientôt couvert le bruit de la rivière. Un couple de petits rapaces tournoyait dans le ciel. Les moustiques fonçaient sur nous comme des kamikazes, ravis de s'attaquer à des proies aussi parfaitement immobiles. Miss Infinity et ses enfants restaient invisibles.

Maman a fini par se redresser et s'étirer.

– Fin du premier round. On ne les verra pas ce matin. Mais on ne bouge pas d'ici pour autant. On reprend l'affût à partir de dix-sept heures.

Double Jo s'est étiré à son tour en regardant le ciel qui se couvrait.

– Tu crois que le temps va tenir jusqu'à ce soir ?

Maman a jeté un coup d'œil aux nuages.

– Je te dirai ça ce soir…

Toute l'excitation de la matinée m'a abandonnée. Mon réveil à l'aube, le long moment passé avec Pavka à regarder l'orage, l'apparition fantomatique de miss Infinity au cœur de la nuit… Tout m'est tombé dessus d'un coup. J'ai senti mes paupières s'alourdir et n'ai pas cherché à résister.

21

Une main me secouait doucement. J'ai ouvert les yeux.

– Tu as dormi comme une souche, ma belle ! a fait maman. Il est plus de 15 h. On mange un morceau et on s'y recolle.

La chaleur était étouffante et l'air poissait comme un sirop. Double Jo jurait à mi-voix en agitant les bras dans tous les sens pour chasser les moustiques.

– Saloperies de bestioles !

L'affût a repris.

L'ours est revenu, suivi d'un grand élan qui a plongé le museau dans l'eau jusqu'aux yeux. Le soleil a basculé derrière les arbres. Des nuées de petites chauves-souris ont surgi de nulle part. Elles filaient en rase-mottes au ras de la rivière et disparaissaient derrière les arbres, avant de ressurgir comme par magie au-dessus de nos têtes.

La nuit est tombée, aussi lourde et venteuse que la précédente. Des éclairs illuminaient brièvement les berges, qui replongeaient immédiatement dans l'obscurité. Autour de nous, la taïga craquait et bruissait.

– On s'entête ? a demandé Double Jo à mi-voix.

– Oui, a chuchoté maman. Tant qu'il ne pleut pas, on reste. Le vent est en train de tourner… Mais on a encore une chance jusqu'à demain matin.

Du bout des lèvres, on a grignoté ce qui restait des sandwichs du midi.

Les consignes étaient strictes : pas de feu, pas de lampe, pas de cigarette, pas de café, pas de musique dans les écouteurs… Rien de ce qui aurait pu mettre miss Infinity en alerte.

– Une vraie vie de moine, a silencieusement rigolé Double Jo en s'enroulant dans son duvet.

À voix basse, en bricolant un peu d'anglais avec un peu de russe, Gabrielle m'a expliqué qu'en français l'Amour, le fleuve qui nous séparait de la Chine, à quelques kilomètres de la réserve, signifiait « love ». J'ai pouffé de rire. Les berges de l'Amour n'avaient vraiment rien de romantique ! On s'y enfonçait dans la vase jusqu'aux cuisses, et il n'était pas rare que des animaux, pris au piège des marécages, s'y enlisent. En khori, une langue que parlaient encore quelques vieux, Amour se traduisait par « le fleuve de boue » ! Un nom qui lui convenait bien mieux que « love ».

– Silence, maintenant ! a ordonné maman.

Son ton était sans réplique. Je me suis enfoncée dans mon duvet. Le ciel était traversé d'éclairs, les grondements du tonnerre se rapprochaient... S'il pleuvait avant la fin de la nuit, jamais miss Infinity ne viendrait jusqu'à la rivière.

Dans un demi-sommeil, j'ai revu le visage exténué du mari de madame Sniejana, ses rides, ses vieilles lunettes rafistolées à la va-vite... Et sans trop savoir ce que je faisais, j'ai imploré les stranniki, les esprits de la forêt, de bien vouloir retenir la pluie quelques heures encore et de guider les pas de la tigresse vers nous.

22

C'est le vent qui m'a réveillée. Il avait tourné pendant la nuit et s'engouffrait maintenant par rafales dans la vallée de la Verkhsnaya en soulevant des nuages de poussière. Les branches se tordaient, les troncs grinçaient. Maman et Double Jo étaient debout, les yeux rivés au ciel. Walter et Gabrielle rassemblaient leur matériel à tâtons. L'aube était proche et chargée d'humidité, la température étrangement douce.

– Cette fois, a murmuré maman, on est bons pour la pluie.

– Dans combien de temps ? a demandé Double Jo.

– Quelques minutes ou quelques heures. Ce n'est pas moi qui décide.

On a bu les dernières gouttes de nos gourdes tandis que le ciel blanchissait entre les nuages. On s'est installés à nos postes de la veille et on a attendu, immobiles et parfaitement silencieux, les yeux rivés à la petite plage où miss Infinity était apparue pour la dernière fois.

Une bourrasque plus forte que les autres a secoué les branches. Et soudain, quelque chose a changé. Un je-ne-sais-quoi dans l'air, une odeur, une pesanteur inhabituelle… On a échangé des regards. On partageait tous le même trouble, incapables de mettre un nom sur ce qui se tramait. Ça tenait aux bruits, aux frémissements des branches, au clapot de la rivière, à la touffeur de l'air… Le vent est tombé d'un coup. Si brutalement que Gabrielle a laissé échapper un petit cri de surprise. Le silence s'est refermé sur nous comme un couvercle. Ouateux, cotonneux. Si dense que j'entendais le bruit de mon propre cœur. J'ai frissonné.

Humains, animaux, végétaux… Tout était pétrifié. En attente. La rivière elle-même semblait avoir ralenti son cours.

Sans ce silence, jamais on n'aurait entendu ce léger craquement de brindilles, le bruit feutré des aiguilles de mélèze qu'écrase le pas d'un animal…

Les stranniki pouvaient-ils avoir exaucé ma prière ?

Sur l'autre berge, face à nous, miss Infinity est apparue entre les branchages. Elle a longuement inspecté les environs, le museau levé, les narines frémissantes, humant les effluves portés par le vent. Puis elle s'est avancée jusqu'à l'eau, suivie de ses deux petits qui avaient incroyablement grandi depuis que je les avais aperçus, quelques semaines plus tôt, presque au même endroit.

Maman m'a lancé un rapide coup d'œil. J'étais prête. Accroupis auprès de leur mère, Priz et Zolot buvaient à grands traits, les yeux mi-clos. Mon cœur cognait à tout rompre. Dans la lunette de mon viseur, le museau de Priz, ses moustaches, ses yeux, ses oreilles… J'ai suivi la courbe du cou jusqu'à l'épaule. C'est là qu'il fallait viser. L'épaule. Le doigt sur la détente, j'ai retenu mon souffle. Je ne sentais plus rien, je n'entendais plus rien… Un œil rivé au pelage blanc de mon petit fantôme, l'autre louchant vers maman.

Un léger geste de la main. C'était le signal.

J'ai pressé la détente.

Le triple «plop» de nos trois fusils… Mon petit tigre a bondi en arrière.

Miss Infinity a poussé un feulement. Dressée sur ses pattes arrière, elle a battu l'air de ses pattes avant, comme pour attraper un ennemi imaginaire. Priz et Zolot ont titubé quelques secondes avant de s'effondrer sur le sable. Leur mère s'est à son tour affalée sur le flanc, elle a tenté de se relever en griffant le sable, grondant de surprise devant son incroyable faiblesse.

Sa grosse tête est retombée sur le sable, une rafale a secoué les branches et la forêt a semblé revivre. Les yeux pleins de larmes, j'ai moi aussi recommencé à respirer.

Maman a déclenché son chronomètre. Trente minutes. C'était exactement le temps dont on disposait pour traverser la rivière, poser les émetteurs, revenir dans notre cache et surveiller le réveil de la famille Infinity.

23

Double Jo et ses assistants se sont précipités, pataugeant à mi-ventre dans la rivière sans même s'apercevoir qu'à quelques mètres de là un gué leur permettait de traverser presque à pied sec.

Je me suis accroupie auprès de miss Infinity, abasourdie de la sentir si proche. Ma toute première sensation, ç'a été l'odeur. Son odeur. Si forte qu'elle prenait à la gorge. Un mélange de sauvagerie, de forêt, de terre et d'urine avec laquelle elle marquait son territoire… La seconde, ç'a été sa puissance. De près, elle semblait mille fois plus imposante et plus redoutable encore que je ne l'avais imaginé. Une terrifiante masse de muscles, de crocs et de griffes.

Double Jo a immédiatement clipsé des capteurs sur la langue de notre miss et de ses petits. Reliés à son ordinateur, ils permettaient de contrôler les battements du cœur, la pression du sang, le rythme de la respiration... Il a prélevé un échantillon de sang de chacun et pris toutes les mesures : longueur du corps, des pattes, tour de cou, périmètre crânien, hauteur à l'épaule, taille des griffes et des crocs... Walter notait les chiffres tandis que Gabrielle prenait photo sur photo.

Il a fallu rouler le grand corps de miss Infinity sur une sorte de couverture que maman, Double Jo, Walter et Gabrielle ont soulevée pendant que je lisais son poids sur le peson électronique. Cent soixante-cinq kilos. Double Jo a sifflоté, c'était la plus lourde des femelles sur lesquelles il avait eu l'occasion de travailler.

Du bout des doigts, j'ai effleuré la fourrure blanche de Priz. La souplesse de son poil, son épaisseur... J'ai résisté à l'envie d'y plonger toute la main.

– Quatorze minutes, a dit maman.

Double Jo et Walter ont passé un collier à miss Infinity. Le réglage était délicat. Serrer juste ce qu'il fallait pour ne pas la gêner, mais suffisamment pour qu'elle ne puisse pas perdre son collier ou qu'il ne s'accroche pas aux branches. Walter a allumé l'émetteur, un sablier a tournicoté sur l'écran de l'ordinateur en attendant la connexion au système GPS. L'image est apparue : le cours de la Verkhsnaya avec l'exacte courbe de la rivière. À hauteur du méandre où nous nous trouvions, un point bleu clignotait : le signal émis par le collier de miss Infinity. Avec une sorte de pince, Walter a fixé les « boucles d'oreilles » de Priz et de Zolot. Une giclée de spray désinfectant…

Les signaux des petits tigres sont apparus sur l'écran. Deux clignotements orangés, juste à côté du point bleu. Tout fonctionnait.

– Vingt-quatre minutes, a fait maman. On y va.

J'ai caressé une dernière fois la fourrure blanche de Priz et le pelage doré de Zolot. Double Jo a ôté les capteurs qui enregistraient les battements du cœur. Gabrielle a photographié une dernière fois toute la famille Infinity plongée dans le grand sommeil tandis que Walter s'assurait qu'on ne laissait aucune trace de notre passage.

On a retraversé la rivière en silence. Le temps de s'embusquer derrière le rideau d'arbres, les premières gouttes de pluie ont éclaté sur les feuilles. De grosses gouttes qui claquaient à la surface de l'eau et creusaient de minuscules cratères dans la poussière.

Depuis notre poste d'observation, nous guettions le réveil des tigres.

– Trente-six minutes, a murmuré maman.

Le crépitement de la pluie s'est accéléré. Personne n'y prêtait attention. Les jumelles vissées aux yeux, j'observais mon petit tigre, toujours inerte. Les gouttes ruisselaient sur son pelage sans provoquer la moindre réaction. Même chose pour son frère et sa mère.

Un éclair a fendu le ciel, une rafale a tordu les branches et, lorsque le tonnerre a grondé, quelques secondes plus tard, le sol a frémi.

– Quarante et une minutes…

La voix de ma mère était tendue. Elle avait dosé l'anesthésiant en fonction du poids supposé des tigres. Ils auraient dû commencer à se réveiller voilà près de dix minutes et ils gisaient sur la berge, inertes, comme morts. Double Jo semblait avoir oublié de respirer.

Un second éclair a jailli, suivi d'un roulement de tonnerre. L'orage se rapprochait. Une goutte est tombée pile sur l'œil de Priz, qui a cligné des paupières et regardé autour de lui, l'air ahuri.

Un grondement sourd s'est mêlé aux roulements du tonnerre. Miss Infinity a relevé sa grosse tête tandis que Priz et Zolot chancelaient sur leurs pattes. La tigresse a fait une première tentative pour se redresser. Elle a roulé sur elle-même en feulant. Second essai. Quelques pas mal assurés. Elle s'est ébrouée comme pour chasser le souvenir d'un mauvais rêve, s'est étirée et a léché le pelage mouillé de ses petits.

C'est alors qu'elle a paru s'apercevoir du collier. D'un coup de patte, elle a tenté de l'arracher, s'est roulée dans le sable en grondant comme pour chasser un parasite. En vain. Avec un feulement exaspéré, elle s'est dirigée vers un arbre. On a eu le temps de la voir se frotter contre le tronc juste avant que l'orage ne fonde sur nous.

Un déluge. Comme si un rideau gris s'abattait soudain. La rive opposée a disparu, noyée sous les trombes. Il n'est plus resté que le martèlement obstiné des gouttes et le fracas de l'orage. Les coups de tonnerre ébranlaient l'air et la terre vibrait sous nos pieds. Un vacarme de fin du monde !

Un court instant, la rive opposée de la Verkhsnaya est apparue au travers du rideau de pluie. Il n'y avait plus trace de miss Infinity ni de ses enfants.

Abrité sous une bâche, Double Jo ne quittait pas des yeux l'écran de son ordinateur. Les signaux bleu et orange de la famille Infinity clignotaient toujours.

– Elle va s'y habituer, a-t-il assuré.

Trempée jusqu'aux os, je me suis recroquevillée sur moi-même. Mes vêtements portaient toujours l'odeur âcre du petit tigre.

24

C'est devenu un rituel. Trois ou quatre fois par jour, avec Pavka, on allumait l'ordinateur de maman, un fragment de taïga vue du ciel apparaissait à l'écran et, au bout de quelques instants, trois petits signaux lumineux clignotaient. Un bleu et deux orange. Miss Infinity et ses enfants étaient là, à quelques kilomètres de Slobodnié, quelque part dans les gigantesques forêts de la Verkhsnaya. Leurs coordonnées s'affichaient à l'écran. 47° 10' 32,563" nord et 135° 3' 27,641" est… Des chiffres tout à fait mystérieux que maman relevait chaque jour pour les envoyer aux membres du Groupe tigres.

Pavka adorait tout particulièrement la fonction « cheminement » du logiciel, qui permettait de suivre leur itinéraire pendant une journée ou plus. L'écran se couvrait alors d'un réseau de lignes de couleur retraçant le parcours de la miss et de ses enfants. Plus le trait était épais, plus le trajet avait été emprunté. Certains de ces chemins étaient incroyablement larges, de véritables autoroutes que maman appelait des « boulevards à tigres ». Malgré son immense territoire, notre tigresse avait ses habitudes et ses lieux favoris, des terrains de chasse et des chemins bien à elle. Maman savait désormais exactement où placer ses pièges photo !

Les dessins de Pavka se sont mis à ressembler à de grands paysages vus du ciel. Forêts, rivières, collines… Rien ne manquait. Il passait ensuite des heures à tracer de longs chemins multicolores qui s'entrecroisaient d'un bord à l'autre de sa feuille.

Presque chaque jour, accompagné de Karitch, il faisait un détour pour offrir à madame Sniejana l'un de ses dessins. Le premier qu'il avait fait chez elle, le portrait de Viktor Vissarionovitch, son mari, trônait maintenant parmi les livres, punaisé à côté de sa photographie.

25

« Bagheera, qui avait les yeux et les oreilles partout à la fois, eut vent de quelque chose, et, une fois ou deux, expliqua nettement à Mowgli que Shere Khan le tuerait un beau jour... »

Mowgli, la panthère Bagheera ou le tigre Shere Khan n'avaient décidément rien à voir avec le dessin animé de Walt Disney. On était dans les tout derniers jours d'août et j'étais seule, plongée dans *Le livre de la jungle*, tandis que Pavka dessinait ses paysages aériens. Maman était en tournée d'inspection avec Karitch, et p'pa, parti je ne sais où.

– Litsa ! Litsa !

Il n'y avait qu'une personne au monde pour m'appeler Litsa : Roksanna. Elle braillait mon nom à tue-tête. J'ai ouvert la fenêtre. Minijupe, décolleté, sac à main, maquillage noir et lèvres rouge cerise...

J'ai presque hésité avant de la reconnaître.

– Cool, Litsa, t'es là !

Et elle est entrée comme un tourbillon en ébouriffant les cheveux de Pavka.

– Salut, l'extraterrestre !

La bise qu'elle lui a claquée a imprimé une trace de rouge à lèvres sur ses joues. Comme d'habitude lorsqu'une nouvelle tête déboulait dans son existence, Pavka l'a fixée sans détourner le regard.

– Eh bien alors ? On dirait que tu ne m'as jamais vue ? Tu veux ma photo ?

Pavka n'a pas répondu et Roksanna a fini par détourner le regard.

– Vraiment zarbi, le p'tit frère !

Elle a fait le tour de la pièce comme si elle entrait chez nous pour la première fois. Son regard s'est arrêté sur *Le livre de la jungle*.

– Toi aussi, t'es zarbi, d'ailleurs. C'est de famille, non ? Tu deviens quoi ? On te voit plus. Y en a qui disent que t'es devenue une ermite et que tu n'as plus envie de voir personne.

– Non, non… C'est juste que… je pars souvent avec ma mère.

– Ah ouais ! Cool ! Moi aussi. On va à Kashtakova, on fait du shopping. L'autre jour, on a visité la vyschaia chkola n° 11, le collège où on sera l'année prochaine… Ou plutôt dans quelques jours.

Elle s'est mise à rire.

– Tu verrais ça, a-t-elle poursuivi. Plus moche, tu meurs ! On dirait une prison. Mais je suis quand même contente. Y en a marre de ce trou paumé. Tu trouves pas ? Qu'est-ce que tu veux faire dans un bled pareil ?

Par la fenêtre, elle montrait les arbres, le chemin poussiéreux et les maisons qui nous environnaient. Les plus anciennes étaient encore en bois, avec des façades bleues et vertes qu'il fallait repeindre après l'hiver. Les autres, comme celle de Klara, notre voisine, étaient en béton, chaque année un peu plus délabrées. « Bâties à la va-vite », disait p'pa. Le béton gelait, les ferrailles rouillaient et personne n'avait assez d'argent pour réparer. Un peu en dehors du village, le long de la route de Kashtakova, on apercevait le lotissement que les familles de militaires avaient habité du temps de la frontière. Il était abandonné depuis des années. Les constructions se déglinguaient doucement, hiver après hiver. Certaines étaient à demi écroulées, la toiture traversée par les arbres qui avaient repoussé, mais personne n'y prêtait plus attention. Le vent agitait les arbres avec des bruits de vagues et le ciel était gris de fer. Je n'avais jamais vu la mer ailleurs qu'à la télévision, mais j'ai pensé que Slobodnié était comme une île perdue au milieu de la taïga.

– Là-bas, a continué Roksanna, à Kashtakova, tu verras, c'est cool. On est en ville. T'imagines ça, toi ? On va vivre dans une ville, une vraie ! Avec des magasins, des vitrines, des cinés, des bus, des avenues qui n'en finissent pas, des feux rouges... Là-bas, on voit plus de monde en une heure qu'ici pendant toute l'année. Il y a même un McDo ! L'autre jour, on y a déjeuné avec ma mère. Trop cool ! J'ai demandé au gardien : on a le droit de sortir après les cours, mais il faut être rentrés pour dix-huit heures.

Elle m'a adressé un clin d'œil.

– Mais ça, c'est bon pour le début, parce que ensuite je suis sûre qu'on pourra se tirer en douce.

Pavka a entrepris un portrait de Roksanna. Il se concentrait sur le maquillage noir des yeux et le rouge de sa bouche. Roksanna a suivi mon regard.

– Mais c'est moi, ça ! a-t-elle glapi. Ben dis donc ! Tu m'as drôlement arrangée, p'tit Pavka. J'ai vraiment cette tête-là ? On dirait une sorcière !

Elle a de nouveau éclaté de rire, mais ça sonnait un peu faux. Elle a fouillé dans son sac.

– Ça te dérange pas si je fume ?

Roksanna fumait ! J'étais tellement médusée que j'en suis restée muette. Elle s'est collé une Marlboro au coin des lèvres. La même marque que madame Sniejana. Elle m'a montré son paquet.

– Tu dis rien à ma mère, hein ! Elle le sait pas encore. Quand elle l'apprendra, elle sera furieuse pendant au moins trois minutes. Elle dit que ça donne le cancer, mais ça l'empêche pas de fumer à longueur de journée.

Roksanna m'a souri à travers un nuage de fumée

– En fait, a-t-elle repris, je viens te prévenir qu'avec les autres on va faire une fête demain. Pour la fin des vacances. Tu viendras ?

Pavka a ajouté une cigarette aux lèvres de son portrait.

Moi, il fallait que je m'adapte à cette nouvelle Roksanna.

– Heu… oui ! Oui, bien sûr, c'est sympa. Je passerai.

– Cool ! Ça me fait plaisir, parce qu'on ne s'est pas trop vues, cet été, hein ! Ça se passe chez moi. Ma mère est vraiment cool, elle nous prête la maison pour la soirée. Pendant ce temps-là, elle sera avec son nouveau copain. Tu sais qui c'est ?

J'ai secoué la tête.

– Le père de Kostia. Tu y crois, toi ? Grigor ! Comme lourdingue, y a pas mieux ! Des fois, il me fait peur, ce type. Enfin, bon... Il ne vient presque jamais à la maison. Je préfère. Pour demain, chacun apporte quelque chose à boire ou à manger. Ça ira ? Je compte vraiment sur toi parce que sinon ça va manquer de filles.

– Oui. Bien sûr. Je viendrai...

Roksanna se balançait d'un pied sur l'autre, comme si elle ne savait pas trop comment s'en aller. Elle a tiré sur sa cigarette et cligné de l'œil à cause de la fumée.

– Bon, alors on se revoit demain soir...

– Oui, c'est ça ! Cool ! a fait Roksanna.

Elle s'est dirigée vers la porte avant de se retourner.

– Je peux te poser une question ?... Qu'est-ce que vous trafiquiez l'autre jour chez la vieille Sniejana, toi et ton allumé de frère ? T'es pas obligée de répondre, remarque.

– Je... je lui empruntais des livres.

– Des livres ?

Elle a écarquillé les yeux.

– Celui-là ?

Elle montrait *Le livre de la jungle*, abandonné sur le canapé.

– Super classe ! Hipster à mort !

Je ne comprenais rien de ce qu'elle disait.

– Tu veux dire que, quand t'es pas paumée en forêt avec ta mère, tu lis les bouquins de cette vieille sorcière !

– Ouaip ! Et même qu'elle fume les mêmes cigarettes que toi, la sorcière.

– Ben quoi ?

– Rien. Juste... C'est les mêmes.

Roksanna m'a adressé un petit signe de la main et s'est fourré un chewing-gum dans la bouche.

– Pour que ma mère sente pas que je fume, a-t-elle gloussé.

Je l'ai regardée s'éloigner.

Elle était ma seule copine à Slobodnié. Ma seule copine tout court. La seule fille de mon âge. J'ai soudain eu la sensation que, pendant l'été, quelque chose s'était cassé entre nous. Peut-être pas vraiment cassé, mais pas mal fendu. Il avait suffi de quelques semaines... J'avais passé des jours et des jours en forêt avec ma mère, pendant que Roksanna se baladait en ville avec la sienne. À regarder des vitrines, à se maquiller, à aller au cinéma, à s'acheter des fringues, à faire des quantités de choses que je n'avais jamais faites de ma vie.

Sur le chemin, elle s'est encore retournée vers la maison, comme pour s'assurer que j'étais bien là. Je lui ai adressé un petit signe qu'elle n'a pas vu.

Roksanna « n'avait pas de père ». Façon de parler. Elle en avait bien sûr un, mais qu'elle ne connaissait pas. Elle ne l'avait jamais vu. Tout ce qu'elle savait de lui, c'était qu'il s'appelait Jaakoppi, un marin finlandais que sa mère avait rencontré aux fêtes de la Saint-Jean alors que son bateau faisait relâche dans un port dont elle avait oublié le nom. C'était peut-être vrai. Ou peut-être pas. Parfois Roksanna parlait aussi d'un marin norvégien du nom d'Anders... Elle n'était sûre de rien. Sa mère avait eu pas mal d'amoureux, elle ne s'en cachait pas, et maintenant voilà qu'elle avait un « nouveau copain »... Elle était comme ça, la famille de Roksanna. Pleine d'histoires bizarres et d'incertitudes.

L'idée de ne pas connaître son père m'a soudain paru terriblement attirante, « romanesque », aurait sans doute dit madame Sniejana. La vie de Roksanna avait l'air mille fois plus drôle, plus libre et plus aventureuse que la mienne.

Je me suis demandé si mes parents se sépareraient

un jour, et comment je vivrais ce moment-là. Est-ce qu'un jour ma mère aurait des tatouages comme celle de Roksanna, qui avait les bras couverts de lianes et de serpents ? Je connaissais la réponse. P'pa nous appelait parfois « les derniers hommes préhistoriques », ce n'était pas pour rien.

J'aurais adoré être dans la peau de Roksanna, juste pour une journée ou deux. Voir à quoi ça ressemblait d'avoir une mère tatouée jusqu'aux épaules et de ne pas connaître son père.

26

Gâteaux, guirlandes, Coca, jus de fruits et vodka pour les parents… Roksanna et sa mère avaient fait les choses en grand. Je ne sais pas comment elles s'étaient débrouillées, mais elles avaient même réussi à emprunter une sono avec un caisson de basse qui pulsait comme un cœur. Les vibrations traversaient le plancher et me traversaient de la tête aux pieds. La voix de Julia Savicheva s'entendait jusqu'à l'autre bout du village. Le tube de l'été : *Prostiza liubov,* Pardonne-moi de t'aimer…

Quand je suis arrivée, tout le monde dansait déjà, Kostia avec Roksanna, Aleksandr avec la sœur aînée de Marek qui mesurait vingt centimètres de plus que lui, Marek avec la petite sœur d'Aleksandr qui mesurait vingt centimètres de moins que lui, les autres dansaient seuls… On n'était pas nombreux à Slobodnié, et il fallait s'en arranger. La pièce était plongée dans la pénombre, et seule une boule à facettes suspendue au plafond jetait des éclats de lumière.

Roksanna s'est précipitée vers moi, plus maquillée que jamais.

– Cool ! Tu es là, Litsa. Tu m'as fait peur, j'ai cru que tu nous lâchais.

Kostia la tenait par le cou. À la façon dont il la regardait, je me suis sentie jalouse de Roksanna. Jalouse de sa vie et des coups d'œil que les garçons lui lançaient. Contre toute attente, Kostia m'a adressé un large sourire.

– Salut, Litsa. Ça va ?

Même Kostia avait changé ! Qu'est-ce que j'avais raté au cours de cet été ?

J'ai bafouillé une réponse lamentable en fixant le tigre dessiné au Bic sur son bras. J'avais envie de prendre mes jambes à mon cou et de filer loin d'ici, mais quelqu'un a mis le dernier disque de Verka Serduchka, une chanteuse travestie que Roksanna pouvait écouter pendant des heures. Aleksandr m'a pris la main pour danser et je me suis retrouvée sur un nuage.

On n'était pas plus doués l'un que l'autre. On s'emmêlait, on se marchait sur les pieds, on se cognait, mais on a passé la soirée à rire, à se goinfrer de tarte aux myrtilles, à boire du Coca et à hurler pour couvrir la musique assourdissante. De temps à autre, je croisais le regard de Roksanna qui, enlacée à Kostia, m'adressait des clins d'œil.

– Ça va pour toi, on dirait, m'a-t-elle glissé en allant chercher une part de gâteau.

Je me suis sentie rougir.

Vers 1 h du matin, la mère de Roksanna est revenue avec le père de Kostia. Ils se tenaient par la main comme des amoureux. La mère de Roksanna portait une robe sans manches qui dévoilait ses tatouages. Côté gauche – elle disait « côté cœur » –, des fleurs, des feuilles et des lianes. Côté droit, des scorpions, des araignées et des serpents. Elle faisait incroyablement jeune. L'espace d'un instant, j'ai pensé à ma mère, à son treillis boueux et à ses grosses bottes…

Grigor a enlacé la mère de Roksanna et ils se sont mis à danser. Il se balançait comme un ours, et la mère de Roksanna semblait minuscule à ses côtés. À la fin du morceau, il l'a prise dans ses bras et l'a fait sauter en l'air. Elle a éclaté de rire.

– Allez, les enfants, a lancé Grigor, la fête est finie. Au lit tout le monde !

Il a éteint la chaîne, s'est servi une rasade de vodka.

– Dis donc, Felitsa, tu habites à l'autre bout du village. Ce serait peut-être mieux que Kostia te raccompagne, non ?

Sur le moment, j'ai trouvé bizarre que Grigor se préoccupe de mon retour. Ce n'était pas tellement son genre. Mais la mère de Roksanna a insisté.

– Ça me rassurerait, Felitsa.

– Je ne vais pas me perdre, tu sais !

Grigor a éclaté de rire.

– Sûr que non ! Mais on ne sait jamais, la nuit... Les fauves rôdent, non ? Mieux vaut se méfier.

Son regard s'est planté dans le mien et il s'est mis à rire. J'ai senti comme une décharge électrique. Que voulait-il dire ? Kostia s'est approché.

– Laisse, tu connais mon père quand il a un peu bu. Viens ! Avec Roksanna, on va te raccompagner..

27

Le froid nous a surpris. C'était l'une des dernières nuits d'août, et l'hiver n'allait plus tarder.

Avec Roksanna, Kostia et Aleksandr, on a traversé le village plongé dans l'obscurité. Je m'étais baladée des dizaines de fois en pleine nuit et en pleine forêt avec ma mère, mais c'était la première fois que je le faisais avec des copains de mon âge, bras dessus, bras dessous. On riait, on chantait, on se racontait n'importe quoi… Le Kostia de ce soir était infiniment différent de celui que j'avais connu jusqu'à présent. Drôle, sympa…

Aleksandr s'est glissé à côté de moi et, en un éclair, j'ai senti que quelque chose venait de changer. Comme ça, juste en une soirée. J'aurais été incapable de dire exactement quoi. L'impression très troublante d'avoir franchi une étape. D'avoir grandi en quelques heures.

En passant devant l'école, j'ai remarqué qu'il y avait encore de la lumière aux fenêtres de madame Sniejana. Je l'ai imaginée en train de lire, enveloppée d'un nuage de fumée. Chez moi, tout était éteint. Les parents dormaient. J'ai proposé aux autres de boire un Coca dans la cuisine.

– Mais pas de bruit, hein !

On est entrés sur la pointe des pieds. Karitch a poussé un soupir de chien endormi en nous entendant.

Assis autour de la table de la cuisine, on chuchotait en parlant de tout et de rien. Surtout de rien, d'ailleurs. Ce qu'on disait n'avait aucune importance. Ce qui comptait, c'était le plaisir d'être ensemble au cœur de la nuit. Comme si nous étions les seuls êtres vivants. De temps à autre, la main d'Aleksandr m'effleurait. C'était peut-être un hasard. Ou peut-être pas. Je m'arrangeais pour mettre ma main sur le chemin de la sienne et je me sentais incroyablement légère.

Kostia a regardé autour de lui.

– C'est la première fois que je mets les pieds chez toi, a-t-il fait. Je peux regarder à quoi ça ressemble ?

Il aurait pu me demander la Lune. La main d'Aleksandr, cette soirée, la mère de Roksanna, nous dans la nuit... Je pensais à d'autres vies.

– Ouais, bien sûr. Vas-y. Tu auras vite fait le tour.

Kostia s'est glissé dans la pièce d'à côté et on a continué à parler. Je ne pensais qu'à la main d'Aleksandr contre la mienne.

Je ne sais pas très bien quand je me suis aperçue que Kostia était absent depuis un bout de temps. Bien plus qu'il ne fallait pour jeter un simple coup d'œil à la maison. Quand j'ai poussé la porte de la pièce principale, il m'a semblé qu'il glissait quelque chose dans sa poche. J'avais la tête ailleurs et je n'y ai pas vraiment fait attention. Ce n'est que plus tard, en repensant à ce moment, que j'ai compris ce qui s'était passé, ce soir-là.

Mon père a ouvert la porte. Avec son pyjama, ses cheveux en bataille et son air ensommeillé, il m'a presque fait honte.

– Bon, les enfants, cette fois, c'est fini. Tout le monde rentre chez soi.

Ç'a suffi à casser l'ambiance. On s'est embrassés sur le seuil. Nos haleines fumaient et dehors les feuilles scintillaient comme des guirlandes. Il gelait.

Le baiser d'Aleksandr a atterri si près de mes lèvres que j'ai rougi en jetant un coup d'œil vers p'pa. Qui regardait ailleurs.

Je suis restée sur le seuil jusqu'à ce que les trois silhouettes disparaissent.

– Allez, Felia. On gèle. Ferme cette porte et va te coucher.

Il y avait dans la voix de p'pa un petit quelque chose de préhistorique. Mister Neandertal. Mais en me glissant dans mon lit, j'ai repensé à la main d'Aleksandr, à ce baiser… J'ai effleuré ma joue comme pour en attraper le souvenir. J'avais envie de rire autant que de pleurer. Envie de crier à mon père que je ne voulais plus jamais le voir en pyjama devant mes amis, et envie de m'échapper par la fenêtre pour les rejoindre.

28

P'pa a passé la journée du lendemain à préparer son camion pour l'hiver. Il l'a vidangé, a vérifié les niveaux et démonté une à une les pièces du chasse-neige qu'il a nettoyées et graissées avant de les remonter. Il a contrôlé l'usure des freins et des chaînes de pneus et en a commandé de nouvelles à Kashtakova : celles dont le KamAZ était équipé ne tiendraient pas un hiver de plus.

– Felia !

Depuis le matin, je faisais des efforts démesurés pour l'éviter.

– Felia ! Il faut que je remplace les chaînes. Je dois aller à Kashtakova. Tu viens avec moi, on en profitera pour passer visiter la vyschaia chkola n° 11. Je dois leur déposer des papiers, ce sera l'occasion de voir à quoi ça ressemble.

Le monde s'est écroulé. Moi, ce que je voulais, c'était retrouver Aleksandr, Roksanna et les autres. Les projets de Mister Neandertal foutaient tout en l'air.

*
* *

– Tu tires la gueule ? a demandé p'pa.

Question idiote. Bien sûr que je tirais la gueule.

On roulait depuis un temps fou. D'énormes camions boueux chargés de troncs filaient vers la frontière, en plein milieu de la route, comme s'ils étaient seuls au monde, et p'pa ne pouvait pas faire autrement que faire des embardées pour les éviter.

La taïga défilait de chaque côté de la route. Exactement semblable à elle-même sur des dizaines et des dizaines de kilomètres.

Des arbres, des arbres et encore des arbres. À perte de vue. Des bouleaux rabougris, des sapins, encore des sapins et encore des bouleaux. Je pensais à Roksanna et à son « Y en a marre de ce trou paumé ». Je pensais aussi à miss Infinity et à ses deux petits, qui erraient quelque part dans l'immensité de cette forêt. Ils avaient occupé tout mon été. Pendant deux mois, je n'avais pensé qu'à eux, mais, depuis que la main d'Aleksandr avait frôlé la mienne, j'avais la sensation d'avoir perdu mon temps. D'avoir laissé filer de précieuses semaines de liberté que j'aurais pu passer avec lui, Roksanna et même Kostia... Pour la première fois, j'étais amoureuse. *Vlioublionnyï.* J'ai prononcé le mot à voix basse pour que p'pa n'entende rien. J'étais à la fois heureuse et inquiète, joyeuse et anxieuse, sereine et furieuse... Comme si tous ces sentiments se mêlaient et se confondaient en moi.

La taïga s'est effilochée. Elle a peu à peu laissé la place à des bâtiments crasseux, déglingués, hérissés de fers à béton rouillés... Au loin, des cheminées d'usine se dressaient contre le ciel en crachant des nuages de fumée noire.

La banlieue de Kashtakova était tellement moche que j'ai fermé les yeux.

Je me suis concentrée sur ce que j'entendais : des coups de klaxon, des bruits de moteur, des grondements de bus... Autant de bruits qui n'existaient pas à Slobodnié.

– On arrive en ville, a annoncé p'pa.

J'ai entrouvert les yeux : de minuscules maisons de bois, de gigantesques immeubles, des terrains vagues jonchés de déchets et de ferrailles, des bâtiments officiels cafardeux, des magasins illuminés, des rues bondées, des files de voitures bloquées au feu rouge… Je voyais plus de monde en une seconde que je n'en avais vu au cours de l'été. J'étais à des milliards de kilomètres de Slobodnié.

P'pa a pris une petite rue, puis une autre. Il s'est garé le long d'un trottoir défoncé, en face d'un bâtiment plus gris que gris, à la façade écaillée. Sur une plaque vissée à côté du portail : « Vyschaia chkola n° 11 ». J'ai eu l'impression qu'un poids énorme m'écrasait. Roksanna n'avait rien exagéré : plus moche, tu meurs !

J'ai éclaté en pleurs. P'pa m'a serrée contre lui.

– Bon… Je reconnais que ce n'est pas le château de *La Belle au bois dormant*, mais, au bout de quelques jours, tu t'y habitueras. Et puis tu vas voir, tu vas te faire plein de copines…

Je pleurais. Tout se mélangeait. Cette horreur où j'allais passer des mois, Aleksandr, mon père, le maquillage de Roksanna, l'été qui finissait, miss Infinity…

Une mère et sa fille sont arrivées, elles ont grimpé les marches du perron, poussé la porte…

– Allez, viens, ma belle. On les suit. On va voir à quoi ça ressemble à l'intérieur.

Je n'arrêtais pas de pleurer et p'pa semblait totalement désemparé.

Sur la route du retour, à deux ou trois reprises, il a tenté d'engager la conversation. Je n'ai fait aucun effort pour lui répondre. Il a fini par allumer la radio et je me suis rencognée contre la portière. J'avais besoin de parler, mais certainement pas à lui.

Je ne voyais qu'une seule personne : madame Sniejana.

29

Les premières maisons de Slobodnié sont apparues. J'ai poussé un soupir de soulagement. Je crois bien que p'pa était aussi soulagé que moi d'arriver. J'ai filé en direction de l'école.

Madame Sniejana m'a aussitôt ouvert. Je lui ai raconté la vyschaia chkola. Les enseignants étaient encore en vacances, le gardien nous avait fait la visite. Je lui ai décrit les enfilades de couloirs, les panneaux rouges « Interdit aux élèves », les salles de classe verdâtres, les fenêtres grises de poussière, les chambres avec les huit lits alignés comme dans une caserne, l'infecte odeur de la cantine qui semblait incrustée dans les murs, même après deux mois de vacances…

Le gardien s'excusait comme si on l'avait pris en faute : « Bien sûr, le ménage sera fait pour le jour de la rentrée... » Comment était-il possible de vivre là-dedans ? Rien que d'en parler, je sentais les larmes me monter aux yeux.

Madame Sniejana m'écoutait, une cigarette au coin des lèvres.

– Larmes de riche, a-t-elle lâché.

– De riche ?

Je ne comprenais pas.

– Qu'est-ce que tu veux ? Que je te prête un mouchoir ? Qu'on pleure ensemble sur ton misérable sort ? Alors tu as frappé à la mauvaise porte. Ne compte pas sur moi. Tu t'apitoies sur toi-même, alors que tu vas aller au lycée, faire des études et quitter ce coin de merde !

J'ai sursauté comme si elle m'avait giflée. Jamais je n'avais entendu ce genre de mot dans la bouche de madame Sniejana.

De ses trois doigts jaunis de tabac, elle montrait les petites maisons de Slobodnié, les ruines de l'ancien quartier militaire, la route défoncée, les hangars de tôle... Exactement le geste que Roksanna avait eu quelques jours plus tôt.

– Passer ta vie ici, c'est ce que tu veux ?

Au rayon « poésie » de sa bibliothèque, elle a pris le recueil qu'elle avait écrit. Une enveloppe était glissée à l'intérieur, elle en a sorti une photo cornée.

– Tiens. Regarde.

Une quinte de toux l'a secouée.

La taïga, encore et toujours. Des sapins à perte de vue, des troncs d'arbres abattus et cinq femmes qui fixaient l'objectif, engoncées dans de gros vêtements de travail. Des bottes aux pieds, des moufles aux mains et les cheveux coincés sous un foulard. Au premier plan, la femme de droite portait une hache. Et, juste à côté d'elle, madame Sniejana. Je l'ai immédiatement reconnue. Bien plus jeune qu'aujourd'hui, mais c'était bien elle, le même regard, le même visage aigu…

– J'ai été condamnée en même temps que Viktor. Même jour, même tribunal, même motif, même peine. Nous avons l'un et l'autre été déclarés « ennemis du peuple » et nous avons tous les deux échoué ici. Lui dans le camp des hommes, moi dans celui des femmes. De temps à autre, on se croisait, chacun dans sa file de prisonniers. Parfois on travaillait sur le même chantier, on tentait d'échanger quelques mots, de s'effleurer du bout des doigts, mais les gardiens étaient pires que des chiens.

Elle a regardé ses mains. Les doigts qui manquaient.

– On abattait des arbres. Des milliers d'arbres pour le chantier du chemin de fer censé rejoindre la côte. Des scies énormes qu'on manipulait à deux. En hiver, le gel rendait le sol glissant, on avait vite fait de perdre l'équilibre.

Madame Sniejana est restée un moment silencieuse, les yeux dans le vague. J'osais à peine respirer.

– Et puis je n'ai plus revu Viktor. Pendant une semaine, deux semaines, un mois… L'un de ses compagnons de baraquement a finalement réussi à me prévenir. Il était mort. Un arbre tombé du mauvais côté. Il avait vingt-quatre ans, j'en avais vingt. C'était en 1960. Le chemin de fer n'a jamais été terminé et deux de mes doigts y sont restés. Il faisait si froid que je ne me souviens même pas d'avoir eu mal. Quand je suis ressortie de l'infirmerie, deux semaines plus tard, je ne pouvais plus tenir les scies, plus travailler à l'abattage des arbres. Le commandant du camp m'a chargée de m'occuper des enfants des déportées. J'ai fait onze ans de camp. Libération anticipée pour bonne conduite. Tu parles ! Le camp a fermé l'année suivante. Il a suffi d'un ou deux hivers pour que les baraquements s'écroulent. À ma sortie, je n'avais nulle part où aller. Alors je suis restée ici et j'ai continué à faire ce que je faisais, je me suis occupée des enfants de Slobodnié. Ta mère, toi, les autres... À l'époque, certains étaient les enfants de mes anciens gardiens. Ça fait quarante-trois ans.

Elle a écrasé son mégot dans le cendrier qui débordait.

– Et si j'arrête de travailler, je meurs.

J'ai fait le calcul. Personne ici ne connaissait son âge véritable... J'étais la seule.

– Il faut que tu ailles voir ailleurs, Felitsa. Le monde ne se limite pas à ce qu'on en aperçoit d'ici.

De nouveau ce même geste pour montrer le village perdu au milieu de la taïga. Elle m'a repris la photo des mains, l'a replacée dans l'enveloppe, l'enveloppe dans le livre, et le livre à sa place. Je me suis souvenue de son titre : *L'éternité minuscule.*

– Tu comprends ? a demandé madame Sniejana en froissant son paquet de Marlboro vide.

J'ai acquiescé en silence, mais je n'étais pas du tout certaine de comprendre.

30

Maman et Pavka revenaient de leur tournée lorsque je suis arrivée à la maison. Ils avaient passé la journée à repérer les traces de la famille Infinity sur ses chemins préférés, les «boulevards à tigres». Aucun risque de tomber nez à nez avec eux, les signaux du collier émetteur indiquaient que la miss et ses petits étaient en chasse à des kilomètres de là. Pavka avait même repéré, tout seul, un arbre sur lequel Priz et Zolot avaient fait leurs griffes et marqué leur territoire en urinant sur l'écorce. Ils étaient encore bien trop jeunes pour avoir leur propre zone de chasse, mais leur mère leur apprenait ce qui ferait leur vie d'adulte.

Pavka a imité un tigre en train de griffer un tronc, il a terminé sa démonstration d'un «psssst» sonore, comme s'il faisait pipi le long du mur, et a éclaté de rire en se bouchant le nez.

– Pue tigre ! Pue tigre !

– J'envoie mon rapport et je suis à vous tout de suite, a dit maman.

– Alissa Alexonova, a grommelé p'pa, je te rappelle qu'il existe autre chose dans la vie que les tigres de la Verkhsnaya. Je te rappelle aussi que nous sommes allés visiter la vyschaia chkola de Felitsa et que ça peut peut-être t'intéresser...

Maman a eu un geste d'excuse. Elle fuyait tout ce qui, de près ou de loin, touchait à l'école.

– Je sais, je sais ! J'en ai pour deux minutes ! Tu pourras me relire, Andreï ?

Elle a disparu dans son « bocal » et en est ressortie presque immédiatement.

– Felitsa, c'est toi qui es entrée ici ? Tu as touché à mes dossiers ?

Elle ne m'a pas laissé le temps de répondre.

– Ou alors c'est toi ? a-t-elle fait en se tournant vers p'pa.

– Je n'ose même pas franchir le seuil de cette pièce ! a-t-il rigolé

Le bureau de maman était une sorte de sanctuaire. Personne ne s'y serait risqué sans son autorisation.

Elle détestait la paperasserie, mais dès qu'il s'agissait de son travail elle devenait une véritable maniaque du rangement. Documents administratifs, règlement de la réserve, PV d'inspection, comptages des espèces, relevés d'infractions... Tout était classé, chaque dossier étiqueté, chaque classeur avait sa place.

– Je suis pourtant certaine que quelqu'un est entré ici.

P'pa a jeté un coup d'œil dans la pièce, je me suis faufilée à ses côtés. Tout semblait en ordre, mais maman inspectait pourtant chaque recoin de son bureau. Les boîtes d'archives, son ordinateur, la petite photocopieuse, le dossier « Miss Infinity »... Elle a secoué la tête.

– Quelqu'un est entré, c'est sûr. Regarde, ce tiroir... il n'est même pas refermé.

P'pa a haussé les épaules.

– Tu deviens complètement parano, Alissa. Qui serait venu ? La maison est déserte depuis ce matin.

– Justement, a fait maman, c'est ce qui m'inquiète. Il n'y a eu personne de toute la journée.

P'pa a poussé un soupir de martyr.

– Cette tigresse va finir par avoir ta peau. Même pas parce qu'elle t'aura bouffée toute crue, mais parce qu'elle t'aura exténuée.

– Je suis sûre que quelqu'un est entré ici pendant notre absence. Je le sens.

– Mais comment veux-tu ? Tu as vu une serrure forcée, toi ? Une fenêtre fracturée ? Par où est-il entré, ton cambrioleur ? Il a volé quoi ?

– Je n'en sais rien, a admis maman.

Elle feuilletait le dossier « Miss Infinity », page à page, vérifiait que tout était à sa place. Ses rapports, les photos, le relevé de chemins qu'elle empruntait…

– Tout ce qui concerne la miss est là, tu comprends. Et je ne voudrais pas que…

– Que quoi ?

– Un tigre vaut une petite fortune, Andreï. Et je préfère ne pas penser au prix d'une bête comme Priz au marché noir, de l'autre côté de la frontière. Il y a dans ce bureau de quoi le localiser presque à coup sûr si ça tombe entre les pattes de je ne sais quel salopard…

Karitch s'est faufilé dans la pièce, la truffe au ras du sol.

Il est tombé en arrêt devant la photocopieuse et s'est mis à gronder.

Maman a écarté la photocopieuse du mur, s'est baissée pour ramasser quelque chose…

– Tiens ! regarde !

Elle tenait une petite motte de terre durcie. De la terre rouge, comme celle qu'on trouvait aux alentours du trou d'eau ou du côté de la cabane de Timofeï. Krasnyï Istochnik, la Source rouge. Le minerai de fer contenu dans la terre la colorait.

P'pa a éclaté de rire.

– Tu passes toute la journée dehors et tu t'étonnes de trouver de la terre dans ton bureau !

Maman lui a jeté un regard excédé.

– Voilà près de dix jours que je n'ai pas mis les pieds dans le coin où l'on trouve cette terre. Et des semaines que je ne suis pas allée voir Timofeï. Ça ne vient pas de moi. Quelqu'un est entré ici.

Elle avait l'air si sûre d'elle que le rire de p'pa s'est arrêté net.

– Bon. Admettons. Quelqu'un est entré. Et après ? Qu'est-ce qu'il t'a pris ? Il te manque quelque chose ?

Pour la énième fois, maman a fait le tour de la pièce du regard, scrutant chaque détail, feuilletant tel ou tel dossier.

– Non. Il ne manque rien. Et pourtant… Karitch continuait de gronder, comme toujours lorsqu'il flairait quelque chose d'inhabituel.

31

C'est à peine si on a aperçu maman au cours des jours suivants. L'ordinateur posé sur le siège passager du Patriot, elle pointait à chaque heure les mouvements de miss Infinity, de Priz et de Zolot, et s'arrangeait pour être toujours à proximité de la zone dans laquelle ils se trouvaient.

Elle sillonnait les pistes, guettait les déplacements des voitures, les contrôlait, vérifiait le contenu des coffres, relevait les plaques d'immatriculation... Elle a appelé Timofeï, à l'autre extrémité de la réserve, pour lui demander s'il avait observé des mouvements inhabituels, ces jours derniers. La ligne était entrecoupée de craquements et de grésillements.

– S'passe jamais rien ici. Tu sais bien. J'vois jamais personne, pas même toi.

Timofeï avait la voix pâteuse. Celle des jours où il buvait trop.

– Pourtant, a fait maman, j'entends parler derrière toi. Tu as du monde ?

– Du monde ? a ricané Timofeï. La radio, oui ! Qui viendrait voir un vieux fou comme moi ? Tu peux me dire ? Je pourrais crever que personne s'en apercevrait.

– En tout cas, je veux que tu redoubles d'attention et que tu me signales tout ce qui te semblera inhabituel.

Timofeï a raccroché sans ajouter un mot. Il ne fallait pas compter sur lui.

*
* *

L'été jouait les prolongations. Les nuits étaient glaciales mais les journées de ce début de septembre restaient exceptionnelles. P'pa, qui avait dû parfois déneiger la route en plein mois d'août, ne se souvenait pas de telles températures.

– Changement climatique… grondait-il.

Moi, je comptais les jours.

Le grand départ pour Kashtakova approchait

et j'aurais tout donné pour que le temps s'arrête. L'après-midi, Aleksandr me rejoignait à la maison. Il était devenu le grand copain de Pavka, qui sautait sur ses crayons dès qu'il le voyait. Ils s'installaient pour dessiner ensemble et la maison se peuplait de tigres de papier, la gueule grande ouverte, prêts à happer le premier venu.

Sitôt fini, Pavka filait chez madame Sniejana pour lui offrir son tigre de la journée. Comme au premier jour, il pliait soigneusement son dessin en un minuscule petit carré compact qu'il lui glissait au creux de la main. La maison de madame Sniejana était en passe de devenir un véritable « musée Pavka », comme elle disait.

Dès que p'pa était disponible, il s'occupait de Pavka tandis que j'allais rejoindre Aleksandr. On se retrouvait sur le chemin qui menait à l'ancien camp de prisonniers. On se donnait la main, on s'asseyait côte à côte et on parlait pendant des heures, surpris d'avoir tant de choses à se dire.

Bien avant d'arriver au camp, on avait découvert une clairière en retrait du chemin. Quelques années auparavant, les forestiers avaient bâti là une cabane qui avait miraculeusement résisté aux hivers. Les mousses et les lichens qui l'avaient peu à peu envahie la dissimulaient aux regards. Même de la piste toute proche, il était impossible de la repérer.

Jamais on n'allait au-delà. Jamais on n'allait jusqu'au camp.

– Ça porte malheur, assurait Aleksandr, c'est ma grand-mère qui le dit.

Même si madame Sniejana ne me l'avait jamais demandé, je ne parlais ni de son mari ni des années qu'elle avait passées ici à abattre des arbres pour une voie de chemin de fer jamais terminée.

32

Il ne restait que six jours avant la rentrée.

On était dans notre clairière. Aleksandr a sorti de sa poche un carnet et un crayon.

– Je vais faire ton portrait.

J'ai rougi jusqu'aux oreilles.

– Assieds-toi là !

Il a désigné une souche, s'est éloigné et m'a regardée.

– Mets-toi là. Comme ça… Et regarde vers la piste. Ça s'appelle un portrait de trois quarts. Je préfère. Ça fait plus naturel. Et maintenant, interdiction de bouger !

Il s'est assis sur une autre souche, un peu plus loin. Il est resté un long moment à m'observer et j'ai de nouveau piqué un fard.

Est-ce que c'était toujours comme ça quand

on était amoureux? Madame Sniejana et Viktor, par exemple… J'ai essayé de les imaginer tous les deux ensemble, mais ça ne marchait vraiment pas. Je voyais la vieille femme que je connaissais, toute ridée, les doigts jaunis par le tabac, avec le jeune type aux petites lunettes rondes de la photo.

Même mes parents, j'avais du mal à les imaginer amoureux. Jamais je ne surprenais de gestes de tendresse entre eux, comme s'ils s'en cachaient.

J'étais peut-être la première au monde à ressentir ces choses-là.

J'ai entendu le grignotement d'un petit animal. C'était le crayon d'Aleksandr sur le papier. Il a commencé à dessiner.

– Bouge pas!

Comme si le moindre de mes mouvements allait déclencher une catastrophe.

Je n'avais rien d'autre à faire qu'écouter. Les crissements du crayon, le vent dans les arbres, les oiseaux… Maman m'avait appris à les reconnaître: les gobe-mouches, les roselins, les pouillots…

Et puis il m'a semblé entendre un autre bruit. Un moteur. C'était encore lointain, mais de plus en plus distinct. Quelqu'un venait par ici. Maman était en tournée de l'autre côté de la Verkhsnaya, ça ne pouvait pas être elle, et la piste qui menait au Staryï Lagueri finissait en cul-de-sac.

Le grondement ne cessait de s'accroître. Entre les arbres, j'ai aperçu la Lada déglinguée du père de Kostia. J'ai oublié que je posais et j'ai tourné la tête.

– Non! a glapi Aleksandr. Ne bouge pas.

J'ai posé un doigt sur mes lèvres.

Grigor est passé à quelques mètres de nous sans nous voir, juste de l'autre côté du rideau d'arbres. Son coffre était rempli de tubes de ferraille qu'il avait soigneusement enveloppés de tissu et attachés pour éviter qu'ils ne bringuebalent. Il s'est éloigné. Je l'ai perdu de vue, mais le bruit du moteur a brusquement changé. Un régime plus soutenu... J'ai compris qu'il venait de quitter la piste pour rouler à travers la taïga.

– Viens! ai-je fait en sautant de la souche.

– Mais je n'ai pas fini! s'est lamenté Aleksandr.

– Je te promets que je reprends la pose après.

Il m'a suivie en ronchonnant. La Lada était loin maintenant, et le père de Kostia ne pouvait pas nous entendre. Il s'était enfoncé entre les arbres juste avant les premiers baraquements. Les herbes s'étaient relevées après son passage, mais ses traces étaient encore bien visibles.

– Où est-ce qu'il peut bien aller ?

Aleksandr a haussé les épaules.

– Qu'est-ce que ça peut faire ? La taïga appartient à tout le monde, non ?

Je n'ai pas aimé sa réponse. Le père de Kostia avait prononcé exactement la même phrase le jour où, avec maman, on l'avait surpris du côté de la Verkhsnaya. La grande idée de maman était que la taïga n'appartenait pas plus à ceux qu'elle appelait « les petits humains » qu'aux ours, aux loups ou aux mélèzes centenaires. Nous en faisions simplement partie au même titre qu'eux.

33

Le soir même, p'pa a levé le nez pour humer le vent. La tête dressée vers le ciel, les yeux fermés, les narines écartées, il ressemblait à un chien.

– Ça sent la neige.

En l'entendant, n'importe qui aurait haussé les épaules. La journée avait été exceptionnellement chaude pour la saison, le ciel était parsemé d'étoiles et parfaitement dégagé. Mais le travail de p'pa ne dépendait que du temps, et à force de l'observer il avait développé une sorte de sixième sens.

Nous nous sommes couchés en été pour nous réveiller en hiver, rincés par une épaisse pluie glacée qui s'écrasait au sol avec des bruits mous. De la neige fondue. On était à cinq jours de la rentrée, une réalité que j'ai aussitôt tenté d'oublier sans vraiment y parvenir.

Maman est entrée dans ma chambre sans frapper.

– Felia, tu peux venir ?

La voix des mauvais jours… Elle était levée depuis longtemps et je l'entendais traficoter dans son « bocal » depuis le petit jour.

– Il y a quelque chose qui cloche.

Le nez collé à son ordinateur, elle s'escrimait avec la souris. À l'écran, l'image satellite d'un coin de taïga. Presque au milieu, un signal clignotait. Un seul signal. Le bleu. Celui de miss Infinity.

– Où sont les petits ?

– C'est bien le problème, a fait maman. Je ne comprends pas. Depuis que je suis connectée, je ne vois que la mère. Aucune trace des petits.

– Ils ont grandi. Ils commencent peut-être à se balader seuls, à l'écart de leur mère.

– Non, Felia. Même si c'était le cas, ils resteraient dans un périmètre proche. Je les verrais. Là, même quand j'agrandis la zone, il n'y a rien.

Elle a dézoomé, l'image a disparu et il n'est resté que l'écran gris avec le mot *disconnected* qui clignotait.

– Saloperie ! a-t-elle grondé.

Elle a réinitialisé la connexion. L'image satellite est revenue. La même. Avec le même clignotement bleu isolé.

Du bout du doigt, j'ai touché l'écran, comme si

j'avais le pouvoir de faire surgir les signaux des deux petits tigres.

– Peut-être qu'ils ont perdu leurs « boucles d'oreilles »...

– Tous les deux ? En même temps ?

– Ou qu'ils se sont battus, qu'ils les ont arrachées...

On fixait l'écran en silence. Le clignotement du collier de miss Infinity ressemblait à un signal d'alarme.

– Tu as regardé l'historique des déplacements ?

Maman m'a lancé un coup d'œil agacé.

– Merde ! Pourquoi est-ce que je n'ai pas eu cette idée toute seule ? Tu peux me le dire ? Je suis vraiment nulle ! Pas plus de trois neurones.

L'historique des dernières vingt-quatre heures s'est affiché, heure par heure.

Les signaux de Priz et de Zolot étaient visibles jusqu'à 21 h la veille. Mais à 22 h, plus rien ! Comme s'ils avaient cessé d'émettre en même temps. Le trajet de la tigresse s'est ensuite affiché.

– Mais qu'est-ce qu'elle fabrique ? a murmuré maman.

Miss Infinity tournait en rond. Depuis des heures, elle allait, venait, tournait, repartait...

– Jamais encore elle n'a eu ce comportement.

Elle a relevé les coordonnées GPS de Priz et de Zolot. Celles de 21 h, puis celles de 22 h. Il y avait à peine deux kilomètres d'écart entre les deux. Deux kilomètres entre le moment où trois signaux étaient enregistrés et celui où il n'en restait qu'un. Depuis, miss Infinity tournait comme une toupie.

– J'y vais, a fait maman en se levant.

– Je t'accompagne.

– Pas question. Trop risqué. Elle rôde dans le coin et si…

Mais j'étais déjà loin. P'pa bricolait dans le garage, la pluie crépitait si fort que j'ai été obligée de crier.

– Tu pourras jeter un œil sur Pavka ? Avec maman, on a une course à faire.

– À Kashtakova ? Par ce temps ? Ça ne peut pas attendre ?

– Non. On a oublié… heu… C'est pour ma rentrée.

Il a levé les yeux au ciel. J'ai sauté dans le Patriot au moment où ma mère démarrait. Elle a pilé net.

– Descends de là !

– Non. Ça sert à quoi, ton école de la taïga, si je ne peux pas venir quand c'est important ?

– Felia, s'il te plaît, descends de là ! J'ai plus urgent à faire.

– « Quand tu connais la taïga, tu connais tout de la vie. » C'est toi qui le dis. Personne n'a aucune idée de ce qui se passe en ce moment. Pas même toi. Et moi, j'ai envie de savoir. Je ne descendrai pas.

P'pa s'est approché.

– Je vous entends depuis le garage. Qu'est-ce qui se passe ?

– Rien ! a grondé maman. Il ne se passe rien.

– Sans rire ! Et tu pars faire des courses habillée comme ça ! Et armée jusqu'aux dents !

Il montrait le treillis que maman avait enfilé à la hâte, la carabine, le fusil à air comprimé, la boîte de fléchettes anesthésiantes posée à côté du siège.

Maman m'a jeté un coup d'œil exaspéré. Et on a démarré.

34

Maman a glissé dans le lecteur le premier CD des Rolling Stones qui lui tombait sous la main : celui avec un gâteau sur la pochette, *Let it Bleed*.

Devant nous, la piste ressemblait à une interminable flaque, les essuie-glaces balayaient la bouillie de pluie et de boue qui giclait sur le pare-brise, les feuilles des bouleaux semblaient avoir jauni en une nuit. Jagger chantait et maman tentait de l'accompagner dans son anglais de pacotille. Je la connaissais assez pour savoir qu'en réalité elle ne pensait qu'à Priz et à Zolot. Quant à moi, le nez collé à la vitre glacée, j'avais le ventre noué à l'idée qu'il leur soit arrivé quelque chose.

Je me suis surprise à m'adresser aux stranniki. À les implorer silencieusement de bien vouloir protéger le petit tigre blanc et son frère. Mais ce n'était sans doute pas leur boulot.

Peut-être s'inquiétait-on pour rien. Peut-être ne s'agissait-il que d'une simple histoire de panne d'émetteur. Ils avaient dû jouer ou se battre, les arracher, faire tomber les piles… Quelque chose comme ça.

Les chansons défilaient.

– Par là, a fait maman à mi-voix en regardant son GPS.

Elle a ralenti et on a quitté la piste pour s'enfoncer à la vitesse du pas dans la taïga détrempée. On n'y voyait pas à dix mètres et les épicéas surgissaient devant le capot comme des fantômes hérissés de griffes. Maman a soudain coupé les Rolling Stones au beau milieu de *Monkey Man*.

– Tu as entendu ?

– Quoi ?

Elle a arrêté le moteur. On a tendu l'oreille. Rien que le crépitement de la pluie sur les tôles et le bruissement du vent dans les branches.

– J'aurais juré que…

Elle a remis le contact, on a avancé de quelques centaines de mètres. Et cette fois, j'ai entendu.

Le rauquement de miss Infinity. Il a explosé de

tous les côtés à la fois, comme si la tigresse s'était démultipliée. Si violent que le 4×4 a vibré. Mon cœur s'est emballé. Je n'avais jamais rien entendu de pareil, jamais senti une telle fureur. J'étais clouée sur mon siège, les mains crispées sur les accoudoirs.

Maman a coupé le moteur et glissé une fléchette d'anesthésiant dans le fusil à air comprimé.

Le silence est revenu. Le bruit de la neige fondue sur le toit, le froissement des branches, le souffle de nos respirations…

Et de nouveau, miss Infinity. Son feulement. Encore plus proche, plus terrifiant. Une rage indescriptible. Comme une explosion.

Elle n'était qu'à quelques mètres de nous, masquée par la pluie et les arbres qui ruisselaient.

– Faut pas rester ici.

Maman a redémarré, fait demi-tour. Je l'ai soudain vue se figer.

– Ne bouge pas, Felia, elle est juste derrière. Dans le rétro… Je la vois.

Sa voix était à peine audible. Par réflexe, je me suis quand même retournée. À une vingtaine de mètres de nous, brouillée par la pluie qui ruisselait sur la vitre arrière, la silhouette de miss Infinity avançait pas à pas dans notre direction. Menaçante.

Énorme. Fidèle à sa technique de chasse, elle se tenait derrière sa «proie», ramassée sur elle-même, la gueule entrouverte, les muscles bandés, prête à bondir… Et la proie, c'était nous.

Maman avait la main sur son fusil. Le moindre geste pouvait déclencher l'attaque. Les rugissements de fureur se sont transformés en un grondement continu qui a envahi la cabine.

Plus terrifiant encore.

– Elle approche, a chuchoté maman, les yeux rivés au rétroviseur.

Un feulement grave, profond. Mes muscles se sont contractés. Mes ongles se sont enfoncés dans le siège. Je n'étais plus qu'une boule de peur. Une silhouette souple a frôlé la voiture. Miss Infinity n'était qu'à quelques centimètres, seule l'épaisseur ridicule de la portière m'en séparait. Ses grondements résonnaient jusqu'au creux de mon ventre. Je les sentais remonter le long de mes os, se répandre dans mon corps. Je ne bougeais pas, incapable de reprendre souffle.

Et nos regards se sont croisés.

Le mien, embué de terreur, et le sien, mordoré, braqué sur moi, insondable.

On est restées un moment immobiles, elle et

moi, mon regard soudé au sien. Elle a humé les tôles, les roues, a poussé un bref feulement et s'est soudain éloignée entre les arbres.

Il m'a fallu du temps pour prendre conscience que c'était fini. Le vacarme de ma respiration, les soubresauts de mon cœur, la tension de mon ventre… Tout s'entrechoquait. J'étais glacée, exténuée, rompue. Maman n'était pas en meilleur état. Peu à peu, mon corps a repris vie.

On est tombées dans les bras l'une de l'autre, à sangloter sans pouvoir nous arrêter, secouées de frissons.

35

– Bon Dieu ! a murmuré maman en dénouant mes bras de son cou. J'ai bien cru que…

Elle a esquissé une grimace censée être un sourire et m'a regardée, les yeux noyés de larmes. Elle est sortie de la voiture et est restée un long moment, le visage levé vers le ciel, à laisser la pluie ruisseler sur sa peau, comme pour se laver de sa peur. Moi, mes jambes tremblaient tant que j'étais incapable de bouger.

Maman est remontée dans le 4 × 4, trempée et glacée, les cheveux collés au visage. Elle a donné un grand coup de poing dans le volant.

– Merde ! Où sont ses petits, Felia ? Qu'est-ce qui se passe ?

Sa question n'en était pas une. Elle savait mieux que quiconque ce qui s'était passé. La règle était simple : sauf dans des conditions extrêmes, une femelle n'abandonne jamais ses petits. « On » les avait donc volés, piégés, tués sans doute. À lui seul, le pelage blanc de Priz valait une fortune. Attendre qu'il grandisse, c'était risquer de le perdre ou que quelqu'un d'autre s'en empare. Le type qui avait pris les petits avait préféré en « profiter » immédiatement.

À cette idée, j'ai senti mon corps se vider comme une baudruche qui se dégonfle.

– Où est-ce qu'on est ?

Ma gorge était tellement nouée que je ne parlais plus. Je coassais.

– Pourquoi ça ?

– Montre-moi d'abord.

Maman a déplié une carte de la réserve et a posé son doigt sur la carte.

– Nous sommes ici.

J'ai pris le temps de me repérer. La piste qui partait de Slobodnié, l'ancien camp de prisonniers, la clairière où Aleksandr avait commencé mon portrait…

Maman me regardait.

– Tu as quelque chose à me dire, Felia ?

Je lui ai raconté comment, la veille, j'avais aperçu Grigor s'enfoncer dans la taïga au volant de sa Lada.

– Il allait par là.

J'ai indiqué sur la carte une direction approximative.

En la poursuivant sur quelques kilomètres, on tombait plus ou moins sur la zone où miss Infinity tournait en rond depuis la veille au soir, à la recherche de ses petits. Là même où nous nous trouvions.

36

Kostia a ouvert la porte. Il nous a regardées sans un mot, maman et moi sous la pluie glacée, lui à l'abri. On entendait le bruit d'une télé. Il devait être seul.

– On peut entrer?

Le ton de ma mère ne lui laissait pas beaucoup de choix. Il s'est écarté. La pièce puait un mélange d'oignon, de graisse, de paprika... Un cageot rempli de bouteilles vides traînait dans un coin, l'évier débordait de vaisselle.

– Ton père est là? a demandé maman.

– Non, a-t-il fait d'un léger mouvement de tête.

– Tu sais où il est? Quand est-ce qu'il rentre?

Un nouveau « non », silencieux.

– Je t'ai connu plus bavard.

– Il ne veut pas que des gens entrent quand il n'est pas là.

La pluie martelait le toit et, quelque part dans la maison, on entendait un bruit de gouttes qui tombaient dans une bassine. Le poêle était éteint et Kostia s'était emmitouflé dans une grosse parka.

Maman a fureté un instant dans la pièce, entrouvert un tiroir… Il s'est planté devant elle.

– T'as pas le droit de faire ça. P'pa dit que les flics n'ont pas le droit de fouiller partout. Si je lui dis que t'es venue, il sera furieux et…

Il dépassait maman d'une bonne dizaine de centimètres. Sa voix tremblait et ses poings s'ouvraient et se fermaient comme s'il s'apprêtait à frapper. Maman a senti que ce n'était pas la bonne façon de faire. Elle a reculé d'un pas.

– Excuse-moi. J'ai besoin de savoir certaines choses et tu peux sûrement m'aider. Où était ton père, hier?

– Sais pas. Il dit jamais où il va. Des fois, je le vois pas pendant deux, trois jours. Plus, même.

Une carabine était posée dans un angle. Maman l'a examinée, a reniflé le canon.

– Où est-ce qu'il range ses armes?

– J'en sais rien.

Un mensonge.

– Où m'as-tu dit qu'elles étaient rangées? a-t-elle insisté, comme si elle avait mal entendu.

Du haut de ses treize ans, Kostia tentait de résister. Il évitait le regard de maman. Le mien aussi. J'aurais voulu disparaître sous le plancher, ne jamais être venue ici.

Dans chacune des questions de ma mère pointait une colère que je n'avais encore jamais entendue chez elle.

– Là, a fini par murmurer Kostia en désignant une malle en métal.

Maman l'a ouverte.

Elle contenait une dizaine de fusils soigneusement graissés. La seule chose soigneuse de la maison. Maman les a pris un à un. Elle les a examinés, reniflés, reposés. Une couverture noire de graisse cachait le fond de la malle. Maman l'a soulevée.

– Bon Dieu ! Mais qu'est-ce que ton père fait avec ça ?

Elle tenait à la main une véritable arme de guerre. Une kalachnikov. Elle l'a inspectée. Celle-ci non plus n'avait pas servi récemment. Elle l'a remise au fond de la malle et s'est redressée.

– Et cette porte, là, elle donne où ?

– Sa chambre. T'as pas le droit d'y entrer. S'il arrive et qu'il te voit, ça va…

– Écoute-moi bien, Kostia.

Ma mère a sorti sa carte de garde assermenté.

– Tu vois cette carte ? Elle me donne le droit de perquisitionner chez les gens que je soupçonne de ne pas respecter la réglementation de la réserve. Je peux le faire seule, la loi me le permet, mais si tu t'y opposes, je peux aussi appeler la police de Kashtakova. Et là, ce sont eux qui s'en chargeront. C'est ce que tu veux ? Que je les appelle ?

Elle a sorti son téléphone portable. Kostia a ricané.

– Les portables marchent pas ici. Y a pas de réseau.

– Erreur. Il y a un réseau réservé pour la police et les gens assermentés dans mon genre.

Mensonge contre mensonge. La plupart du temps, le réseau était inopérant en cas de chutes de neige ou de pluies trop violentes, mais ça, Kostia ne pouvait pas le savoir. Il a laissé maman ouvrir la porte.

La même odeur de renfermé prenait à la gorge. Des draps en fouillis, des couvertures et des vêtements à même le sol et, au mur, un calendrier avec une fille nue.

Depuis notre arrivée, Kostia tremblait de tous ses membres. Au début, j'avais pris ça pour de la colère, mais j'ai soudain réalisé que c'était de la peur. Peur de quoi ? De qui ? De son père ? De ma mère ? Peur de ce qu'elle risquait de découvrir ?

Le ton de maman s'est adouci.

– De quoi as-tu peur, Kostia ? Tu sais quelque chose que je ne dois pas savoir ? C'est ça ?

On apercevait sur son bras une partie du dessin d'Aleksandr. Sans qu'il résiste, maman l'a saisi par le poignet et a relevé la manche jusqu'au coude. Le tigre est apparu, un peu pâli, la gueule grande ouverte, les crocs menaçants.

– Qu'est-ce que c'est que ça ? a demandé ma mère.

Kostia s'est mis à pleurer comme un petit garçon. J'ai fermé les yeux pour ne pas voir.

– Dis-moi ce que tu sais, a-t-elle insisté.

Kostia sanglotait.

Maman a soupiré…

Quand j'ai rouvert les yeux, elle fouillait la pièce, secouait les couvertures, regardait sous le lit… Elle a soulevé le matelas.

– Svolotch ! Le salopard !

Maman a tiré une liasse de feuilles qu'elle a alignées côte à côte sur le lit : tous les relevés des trajets de la miss et de ses petits étaient là, photocopiés par le père de Kostia. Ceux-là mêmes qu'elle envoyait chaque soir aux membres du Groupe tigres. Ses parcours habituels, les lieux qu'elle fréquentait, les points d'eau où elle venait boire en famille, les «boulevards à tigres»... Tout était là. Grigor avait tous les renseignements en main.

Maman a examiné les photocopies une à une.

L'endroit où les colliers des petits avaient cessé d'émettre était entouré, avec ses coordonnées GPS exactes, notées au crayon.

– Comment ton père s'est-il procuré ces papiers ?

Les yeux rivés au sol, Kostia s'est refermé comme une huître.

37

De retour à la maison, maman s'est précipitée dans son bureau sans même ôter sa parka trempée.

La photocopieuse était toute récente, l'un des rares « cadeaux » de l'administration à la réserve. La date, l'heure et le nombre de photocopies effectuées étaient systématiquement enregistrés. Une fonction que maman n'avait jamais utilisée. Les doigts tremblants, elle a suivi mot à mot les instructions du mode d'emploi.

– Le salaud ! a-t-elle finalement murmuré.

Le 29 août, entre 15 h 04 et 15 h 18, quelqu'un avait fait vingt-trois photocopies. C'était le jour où p'pa et moi étions à Kashtakova, le jour où maman avait emmené Pavka en tournée. La maison était vide et le père de Kostia avait eu tout son temps.

– Mais comment a-t-il pu entrer ici ?

Maman regardait autour d'elle, comme si les murs allaient lui donner la réponse.

Je me suis soudain souvenue du soir de la fête, quelques jours plus tôt, lorsque Roksanna, Kostia et Aleksandr m'avaient raccompagnée à la maison.

« C'est la première fois que je mets les pieds chez toi. Je peux regarder à quoi ça ressemble ? » J'avais encore en tête la phrase de Kostia.

Quelques minutes plus tard, je l'avais aperçu en train de fourrer quelque chose dans sa poche. Ou plutôt, j'avais cru l'apercevoir. Tout était allé très vite. J'ai fouillé dans la boîte où étaient habituellement rangées les clés de la maison. Il y en avait quatre – trois pour les parents et moi, la quatrième était destinée aux membres du Groupe tigres lorsqu'ils venaient « travailler sur le terrain ».

C'est cette clé-là qui manquait et que Kostia avait empochée quelques jours plus tôt.

38

Soirée sinistre.

La pluie s'était transformée en une neige lourde et collante qui s'écrasait contre les vitres avec un bruit mat. Pavka picorait du bout des lèvres, je pignochais au fond de mon assiette, celle de p'pa était presque intacte et maman arpentait la pièce de long en large, incapable de rester en place.

À voix basse, elle a raconté à p'pa notre rencontre avec miss Infinity. Sa fureur, la façon dont elle avait failli nous attaquer. P'pa s'est pris la tête à deux mains.

– Bon Dieu, mais tu te rends compte de ce que tu fais, Alissa Alexonova ? Tu te rends compte des risques que tu prends ? Imagine ce qu'il se serait passé si cette bête vous avait réellement attaquées.

– Elle ne l'a pas fait.

Maman semblait infiniment sûre d'elle. Bien plus que quelques heures plus tôt, lorsque miss Infinity avait surgi dans notre dos.

– Elle ne l'a pas fait, a-t-elle repris, parce que ni Felia ni moi ne sommes la bonne proie. Tu peux aller te mettre sous son nez ce soir, si ça t'amuse, elle ne te regardera même pas. Celui qu'elle cherche, c'est celui qui lui a pris ses petits. Le père de Kostia. Et je ne donne pas cher de sa peau s'il tombe entre ses griffes.

Pavka a pris ses crayons et ses blocs à dessin. Il en a ouvert un au hasard. Presque à chaque page, Priz et Zolot avaient la vedette. Il a commencé à les recouvrir de traits verticaux, noirs, épais, serrés les uns contre les autres. Les petits tigres disparaissaient peu à peu, comme s'il les enfermait dans une pièce obscure. Maman en avait les larmes aux yeux.

– Mais qu'est-ce que tu fabriques, mon Pavka ? N'abîme pas tes dessins. Ils sont magnifiques, tes tigres. S'il te plaît…

À son habitude, Pavka n'écoutait rien. L'air buté, se mordillant les lèvres, il noircissait systématiquement ses dessins, passant d'une page à l'autre.

Maman a enfilé sa parka et sa casquette de garde.

Il faisait nuit depuis longtemps et la pluie avait transformé Slobodnié en un champ de boue.

– Où vas-tu ? a soupiré p'pa.

– Voir si Grigor est rentré.

– Je t'accompagne.

– Non. Ce n'est pas ton boulot. Je suis responsable de cette réserve et personne d'autre que moi ne peut s'occuper de cette histoire.

– Mais ce type peut être dangereux, Alissa !

Maman a pris sa vieille carabine.

– Moi aussi.

Elle est revenue au bout de quelques minutes, accompagnée de Kostia.

– Son père n'est toujours pas rentré et il crève de froid et de faim. Installe-toi là !

L'air buté, Kostia s'est assis à table, les yeux fixés au sol. Maman lui a apporté une assiette de soupe et a posé une couverture sur notre vieux canapé défoncé.

– Cette nuit, tu dormiras ici.

Kostia engloutissait son assiette comme s'il n'avait rien mangé depuis des jours. Il tenait sa cuillère à pleine main, comme une hache. Maman lui a laissé le temps de finir.

– Où est la clé ?

Kostia n'a pas bronché, les yeux toujours baissés, le visage figé. Maman n'a pas insisté.

Pavka continuait à emprisonner ses tigres derrière des palissades de traits noirs.

– Faut que je prévienne Double Jo et les autres, a lâché maman dans un soupir.

À deux doigts de fondre en larmes, elle s'est enfermée dans son bocal et a allumé son ordinateur.

39

Maman s'est levée très tôt, le lendemain. Je l'ai entendue fourrager un instant dans la maison. Et puis plus rien. Elle est réapparue vers huit heures, trempée de neige, le visage fermé. Elle revenait de chez Kostia. Son père n'était toujours pas rentré.

– Ça fait combien de jours ? a-t-elle demandé.

– Trois, a murmuré Kostia sans relever le nez de son bol de chocolat.

Maman avait de nouveau examiné la zone où les petits avaient disparu. La neige avait transformé le sol en un champ de boue gelée, il était impossible d'y relever la moindre trace. Elle avait cependant repéré des troncs d'arbres écorchés qu'elle n'avait pas pu remarquer lorsque miss Infinity avait failli nous attaquer. Ces marques l'intriguaient.

– Rien à voir avec les coups de griffes qu'aurait pu donner la miss. On dirait que quelque chose a arraché l'écorce. Quelque chose d'assez gros. Un piège, une cage… Ça te dit quelque chose, Kostia ?

Il a fait « non » de la tête. Il n'avait pas lâché plus de trois mots depuis qu'il était à la maison. N'était-il vraiment au courant de rien ? Ou cherchait-il à protéger son père ?

En entendant maman, je me suis souvenue de ces montants métalliques que j'avais aperçus soigneusement arrimés à l'arrière du 4 × 4 de Grigor lorsqu'il était passé devant la clairière. Maman m'a écoutée, les sourcils froncés. Elle tentait de comprendre. Comment avait-il pu s'y prendre pour piéger les petits tigres sans se retrouver nez à nez avec la mère ? Elle n'avait aucune explication.

– Et Double Jo, ai-je demandé, il est au courant ?

– Oui… Il m'a appelée ce matin. Il en pleurait au téléphone.

Elle a remis sa casquette et sa parka.

– Je dois y retourner. Kostia… Trois jours sans nouvelles de ton père, c'est beaucoup. Maintenant, je dois prévenir les autorités. Je ne peux pas faire autrement.

Elle était sur le seuil lorsqu'elle a sorti un petit objet de sa poche.

– À propos, a-t-elle fait en le montrant à Kostia, c'est bien cette boîte-là que tu m'as demandée ? Celle qui était à côté du poêle ?

Kostia a acquiescé. Il a ouvert la boîte et en a sorti une clé qu'il a posée sur la table, les yeux baissés. Maman l'a empochée sans un mot avant d'ouvrir la porte. Une volée de flocons s'est engouffrée dans le sas d'entrée, et Karitch s'est levé d'un bond pour la suivre.

– Non. Toi, tu restes là, avec les enfants.

Karitch s'est recouché en gémissant de dépit et maman s'est éloignée sous la neige.

40

Au-dehors, le moteur du KamAZ tournait. L'hiver commençait en fanfare, p'pa avait déjà du travail par-dessus la tête. De loin, il nous a lancé un appel de phares, son camion a disparu au milieu des bourrasques de neige et je me suis retrouvée seule avec Pavka. C'était loin d'être la première fois. Mais cette fois, j'étais également seule avec Kostia qui, calé dans l'angle d'un fauteuil, ne regardait rien ni personne. Je ne me voyais pas rester seule avec lui toute la journée.

Et puis j'avais besoin de faire quelque chose pour oublier la disparition de Priz et de Zolot, la rentrée toute proche, cet été si bizarre…

– Kostia, va chercher Aleksandr et Roksanna. On se retrouve ici.

Quelques jours auparavant, il m'aurait ri au nez: «C'est pas une fille qui va me dicter ce que je dois faire ! » Mais les derniers événements l'avaient complètement changé. Il s'est éloigné sous la neige, avec sa chapka pelée et sa vieille parka, pour revenir quelques minutes plus tard avec Roksanna et Aleksandr.

La rentrée approchait et madame Sniejana devait certainement installer sa classe, remettre les livres à leur place, déplacer des meubles.

– On pourrait lui donner un coup de main… Aleksandr et Roksanna ont écarquillé les yeux. Kostia n'a même pas eu l'air d'entendre.

– Cool comme programme pour les derniers jours de vacances ! a lancé Roksanna. Elle t'a envoûtée ou quoi, la sorcière ?

Pavka nous a suivis avec ses carnets de dessin sous le bras et on est allés sonner à la porte de madame Sniejana.

Je m'attendais à ce qu'elle nous rembarre. « Besoin de personne ! » ou quelque chose de ce genre.

C'est le contraire qui s'est passé. Elle a ouvert sa porte, presque souriante, et nous a observés un à un alors que la neige dégringolait.

– Je me demandais comment j'allais y arriver toute seule par ce temps.

Elle aussi, l'été l'avait changée.

Empilés dans le sas d'entrée, les cartons n'attendaient plus que nous.

Pavka s'est installé comme chez lui à côté du poêle qui ronflait, juste sous le portrait de Viktor Vissarionovitch. Et on a commencé à porter les cartons un à un. De la maison de madame Sniejana à l'école, sous la neige.

Kostia mettait les bouchées doubles, une façon comme une autre d'oublier ce qui se passait. Tout juste s'il ne courait pas avec les cartons de livres dans les bras. Roksanna a joué la sécurité en déclarant d'emblée à madame Sniejana qu'elle allait l'aider à installer les livres. Un travail bien au chaud, à l'intérieur… La neige aurait sans doute fait couler son maquillage ! Aleksandr se débrouillait pour tout faire au même rythme que moi, il me suivait comme un chiot et tentait toutes les deux secondes de m'effleurer la main. J'avais autre chose en tête et je crois bien qu'il m'agaçait un peu. Cigarette aux lèvres, madame Sniejana dirigeait les opérations. Tel carton à tel endroit, tel livre sur telle étagère, tel meuble à telle place…

Au final, la classe a ressemblé à ce qu'on avait toujours connu, avec ses bureaux soigneusement alignés et ses étagères pleines de livres. Je regardais autour de moi, la gorge un peu nouée. Comme pour en imprimer le souvenir dans un coin de mon cerveau. Les livres, le poêle à bois, le tableau noir, les murs écaillés, madame Sniejana et ses cigarettes… Sans y faire vraiment attention, j'avais passé des années ici. Je connaissais les moindres détails de cette pièce, les fissures du plafond, la latte de plancher qui grinçait à côté du poêle, le bruit de la serrure lorsque madame Sniejana ouvrait la porte, le matin, et le bruit un peu différent qu'elle faisait le soir. J'allais quitter tout ça.

On est revenus dans la maison de madame Sniejana. Personne ne faisait attention à Pavka. C'est Roksanna qui a donné l'alerte.

– Merde alors! Il est barge de chez barge, ton frère! Il fait des dessins super et il fout tout en l'air ensuite…

Avec son gros feutre noir, Pavka recouvrait consciencieusement de grands traits verticaux les dessins qu'il avait offerts à madame Sniejana. Exactement comme il l'avait fait à la maison pour les petits tigres. Les portraits de Viktor Vissarionovitch, le mari de madame Sniejana, disparaissaient un à un. Il venait de s'attaquer au plus grand, le premier, celui qu'elle avait accroché à côté de la photo de son mari.

– Non… Pavka ! Non ! Ne le…

J'ai voulu lui retirer le feutre des mains, mais madame Sniejana m'a retenue.

– Laisse-le faire, Felitsa. Laisse… Après tout, c'est comme ça que Viktor a fini sa vie. En prison…

Elle semblait médusée par ce que Pavka faisait. La cendre de sa cigarette tombait sur le sol sans qu'elle s'en soucie. Nous nous tenions tous les cinq dans le dos de Pavka, madame Sniejana, Roksanna, Kostia, Aleksandr et moi à regarder le dessin disparaître sous les traits de feutre. Je n'avais pas fait le lien entre ces grands traits verticaux que Pavka dessinait depuis la veille et les barreaux d'une prison.

Lorsque le dernier trait noir a recouvert le dernier détail du visage de Viktor Vissarionovitch, Pavka a tendu la feuille noircie à madame Sniejana, le visage fendu d'un sourire extralarge, comme s'il lui offrait le plus merveilleux cadeau du monde.

– *Dlia vas*, a-t-il fait. Pour toi.

C'étaient ses premiers mots depuis la disparition des petits tigres.

– *Spassibo*, Pavka, a répondu madame Sniejana, comme s'il s'agissait d'une œuvre extraordinaire.

Et elle a solennellement remis le dessin de Pavka à sa place, à côté de la photo de son mari. Ce n'était plus qu'une grande tache noire que Pavka contemplait, un sourire aux lèvres.

– La vache, a murmuré Roksanna, il est vraiment givré, l'extraterrestre ! J'espère que c'est pas contagieux, sinon, on est mal barrés.

41

Quelques flocons flottaient encore devant la lumière du hangar, mais il ne neigeait presque plus. La nuit était tombée depuis longtemps, les chiffres verts du petit écran de la cuisinière annonçaient un peu plus de 21 h, et les parents n'étaient toujours pas revenus. Pour mon père, rien de plus normal. En hiver, il lui arrivait de passer des nuits entières à travailler. Mais, pour maman, c'était nettement plus inhabituel. Elle prévenait toujours lorsqu'elle devait rentrer tard. J'ai tenté de l'appeler sur son portable. Peine perdue. Par temps de neige, il était presque impossible d'accéder au réseau.

Blotti dans un fauteuil, Kostia ne disait rien, ne faisait rien. Toute l'énergie qu'il avait mise à transporter les livres de madame Sniejana était retombée, et ce fauteuil semblait être devenu son refuge. Les yeux dans le vague, il regardait par la fenêtre comme s'il avait eu le pouvoir de percer l'obscurité. Quatre jours que son père n'avait pas donné signe de vie.

La télé était allumée. Un type aux cheveux teints se démenait au milieu des rires et des applaudissements, mais personne n'y prêtait attention. C'était juste un bruit de fond. Pavka jappait et tirait la langue en tournant inlassablement à quatre pattes autour de moi. Karitch était entré dans son jeu et lui reniflait les fesses comme s'il avait affaire à un vrai chien. Pavka a finalement posé la « patte » sur ma cuisse, les doigts resserrés comme des griffes.

– Grrriaouou tigres, a-t-il grondé en montrant les dents.

Message compris. Il avait faim et je me souvenais vaguement comment faire cuire des pâtes.

Je venais de mettre l'eau à chauffer lorsqu'on a entendu le grondement du KamAZ. P'pa a déboulé comme une bourrasque.

– Felia ! Ne me dis pas que ta mère n'est pas rentrée ! Sa voiture n'est pas dans le hangar.

Il nous a regardés alternativement, Pavka et moi, puis son regard s'est posé sur Kostia.

– Encore là, toi ? Ton père n'est toujours pas chez lui ?

La grande carcasse de Kostia s'est recroquevillée un peu plus dans son fauteuil comme s'il cherchait à disparaître dans ses replis.

– J'en sais rien, a-t-il marmonné. Suis pas allé voir.

P'pa a sorti son portable de sa poche. Toujours pas de réseau.

– Saleté ! a-t-il grondé.

– On pourrait peut-être aller voir, a murmuré Kostia de la même voix éteinte.

– Voir quoi ?

– Si mon père est rentré. Peut-être que…

P'pa a soupiré.

– Tu as raison. Viens.

Pavka s'est collé le nez à la vitre pour regarder le KamAZ s'éloigner.

– *Palapapa*, a-t-il chantonné.

– Qu'est-ce que tu racontes ?

Il sautillait d'un pied sur l'autre en faisant le tour de la pièce.

– *Palapapa… Pilipipi, polopopo, pulupupu, palapapa*, chantonnait-il.

Palapapa. Pavka était le spécialiste mondial des

mots qui ne voulaient rien dire. Sauf que, là, je comprenais : « Pas là, papa. » Mais s'agissait-il de notre père qui venait de repartir ou de celui de Kostia ?

42

P'pa et Kostia n'ont pas mis un quart d'heure à faire l'aller et retour. Le père de Kostia n'était toujours pas rentré. La maison était vide, glaciale, et rien n'indiquait que Grigor soit revenu chez lui à un moment ou à un autre. Kostia s'est réfugié dans « son » fauteuil. Le petit écran de la cuisinière indiquait 21 h 45 et l'eau des pâtes bouillait à gros bouillons. P'pa y a jeté un paquet entier de macaronis sans se préoccuper de la suite.

La plupart du temps, c'est lui qui cuisinait, plutôt bien. Lorsqu'il faisait des pâtes, il prenait un accent italien de pacotille pour annoncer qu'elles devaient être cuites al dente. Juste croquantes. Cette fois-ci, on était loin du compte. Elles étaient immangeables. Collées, trop cuites, pas salées… Même Karitch à qui on a donné les restes s'en est détourné pour aller dormir près du poêle. Toutes les deux minutes, p'pa se levait et regardait au-dehors, les mains plaquées de chaque côté du visage pour mieux percer la nuit.

– Govnoïed ! Mais bon Dieu, qu'est-ce qu'elle fait à la fin ? Elle se fout du monde !

22 h 12. Toujours aucune nouvelle de maman. Pavka a repris son sautillement.

– *Palapapa, palapapa…*

– Pavka, arrête deux secondes, s'il te plaît !

C'était plutôt rare que p'pa hausse le ton. D'autant qu'avec Pavka ça ne marchait jamais. Autant s'adresser à un mur. Pavka a d'ailleurs continué à sautiller comme si de rien n'était, en chantonnant son *palapapa*.

Jusqu'à ce que p'pa, excédé, l'attrape par les bras.

– Stop, Pavka ! Ça suffit. J'ai besoin de calme, tu comprends ça ? Maman n'est pas rentrée et je…

– *Palapapa*, a murmuré Pavka d'une toute petite voix.

Les larmes aux yeux, il fixait p'pa en continuant d'articuler silencieusement son mot du jour. P'pa s'est retrouvé tout bête. Il lui a ébouriffé les cheveux.

– Excuse-moi ! Mais tu comprends, on attend Alissa et…

– Palamaman, a fait Pavka.

P'pa l'a serré contre lui.

– Mais si, ne t'inquiète pas, elle va rentrer.

Et on a attendu.

Pavka aurait dû être au lit depuis longtemps. Il bâillait à s'en décrocher la mâchoire. Il a fini par s'étendre contre la grosse fourrure de Karitch, tout à côté du poêle, et s'est endormi comme une souche entre ses pattes. P'pa pianotait sur son téléphone inutile, se précipitait à la porte au moindre bruit et ruminait à voix basse. Kostia n'avait pas quitté « son » fauteuil et je regardais la télé sans rien y comprendre. Les images défilaient mais je ne pensais qu'à maman. À miss Infinity. Sur qui allait-elle passer sa fureur après la disparition de ses petits ?

Il était un peu plus de 23 h lorsque la neige s'est remise à tomber. P'pa a juré entre ses dents. Si ça continuait, il allait devoir reprendre le KamAZ, repartir déneiger. C'était impossible tant que maman n'était pas rentrée. Kostia s'était endormi, toujours dans la même position, la tête sur la poitrine, recroquevillé dans le fauteuil. J'ai lu une telle inquiétude dans le regard de p'pa que j'ai senti mon cœur s'emballer. Comme Pavka ou Kostia, j'aurais voulu dormir. Oublier le retard de plus en plus inexplicable de maman. Mais dès que je fermais les yeux, des scènes terribles surgissaient. Les crocs et les griffes de miss Infinity y jouaient le premier rôle. J'avais encore dans les oreilles ses feulements furieux, et les images qui surgissaient derrière mes paupières fermées étaient si violentes et si sanglantes que je rouvrais les yeux immédiatement, suffoquée d'avoir seulement pu imaginer de telles scènes.

«Je ne suis pas la bonne proie», avait dit maman. J'aurais aimé en être aussi sûre qu'elle.

P'pa a baissé le son de la télé et s'est affalé dans l'unique fauteuil libre. Sur l'écran, les images défilaient maintenant sans un bruit. Je n'ai plus entendu que le souffle lourd de Kostia et bientôt celui de p'pa. Comment pouvait-il dormir dans un moment pareil? Comme s'il avait oublié maman, comme s'il la trahissait.

J'ai louché vers les chiffres verts de la cuisinière.

23 h 43.

À la télé, un type comme on n'en voyait jamais à Slobodnié parlait en faisant de grands gestes. Avec sa cravate et ses cheveux soigneusement peignés, il avait l'air de venir d'un autre monde. Peut-être d'une autre planète.

C'est mon dernier souvenir. Ensuite, j'ai dû m'endormir.

43

C'est Karitch qui a donné l'alerte. Des aboiements à réveiller un mort. J'ai bondi. Mon cœur cognait comme un animal en cage. Ces saletés de petits chiffres verts indiquaient 2 h 27 du matin. Pas loin de quinze heures que maman était partie. P'pa était déjà à la fenêtre.

– Qu'est-ce que c'est que ça ?

Sa voix tremblotait. Karitch grondait sourdement. Des éclats orangés de gyrophares jaillissaient dans la nuit. Kostia nous a rejoints et Pavka s'est glissé entre nous. À voix si basse qu'on l'entendait à peine, il a repris sa ritournelle de *palapapa, palapapa*…

Les éclats des gyrophares grossissaient d'instant en instant. Un gros 4 × 4 est apparu.

– *Politseïski*, a murmuré p'pa. La gendarmerie.

Trois autres voitures suivaient. Mais pas celle

de maman. Elles ont dépassé la maison de Klara, la dernière avant la nôtre, et se sont engagées dans le chemin.

Le 4 × 4 s'est arrêté devant la maison. Son gyrophare jetait sur la neige d'immenses ombres orange dans lesquelles les flocons tourbillonnaient comme des insectes. Un homme en uniforme en est descendu, il a relevé son col et regardé vers nous. Ses galons d'officier ont scintillé un instant dans la lumière des phares. Je ne bougeais pas, le souffle coupé. Les tympans bourdonnants, je l'ai regardé approcher. Il semblait immense, terrifiant. Comme une créature de film d'horreur surgie de la nuit. Se pouvait-il qu'il vienne nous annoncer que maman… ?

Ce que j'imaginais était absolument impossible.

P'pa lui a ouvert la porte. Petit claquement sec de talons.

– Lieutenant Kovalenko, a fait l'homme.

Un nom que je connaissais. Maman avait déjà travaillé avec lui. P'pa a esquissé un salut de la tête.

– Alissa ?

– Pas d'inquiétude. Elle va bien. Choquée, mais elle va bien. Juste, elle a préféré ne pas reprendre sa voiture tout de suite. Elle arrive. Elle est avec le médecin.

Il m'a semblé que je respirais pour la première

fois depuis une éternité. Kovalenko regardait autour de lui, il a baissé la voix.

– C'est le fils de Grigor Baldaïev ? a-t-il demandé avec un léger coup de menton vers Kostia.

P'pa a hoché la tête.

– Merde ! a grimacé Kovalenko. Ça ne va pas être facile à annoncer.

Kostia le fixait. Si bas que l'homme ait parlé, il l'avait entendu. Il s'est mis à trembler de tout son corps, ses larmes ont jailli, il a reculé pas à pas vers « son » fauteuil et s'y est réfugié sans un mot, sans un cri, secoué de grands sanglots silencieux.

Kovalenko s'est approché de lui, mais Kostia a sorti un couteau de sa poche, la lame tendue vers lui.

– Approche pas ! Approche pas ! Tu me touches pas…

Kovalenko a reculé de quelques pas, les mains levées pour montrer qu'il ne lui voulait aucun mal.

– Calme-toi, mon gars. Calme-toi…

Il a pris une longue inspiration.

– C'est ton père… Il est… Je…

Kovalenko a lancé un coup d'œil vers mon père. Un appel au secours. Maman est entrée, le visage gris. P'pa l'a serrée contre lui, mais elle s'est dégagée et a fait quelques pas vers Kostia.

– Fous le camp ! a hurlé Kostia. Fous le camp ! Je veux pas te voir ! T'es bien contente, hein ? Tu l'aimais pas, mon père. Alors t'es contente maintenant, hein ? T'as gagné ! C'est ça ?

– Grigor n'est pas mort, Kostia ! Tu m'entends ? Pas mort. Il est blessé. Grièvement blessé mais pas mort.

Mais Kostia n'écoutait plus. Il hurlait au travers de ses larmes, le poing serré sur son couteau. Pavka s'est réfugié contre moi, la tête enfouie dans mon pull. Maman a tenté de calmer Kostia, mais dès qu'elle s'approchait il la menaçait de son couteau. Les gendarmes ont réussi à le maîtriser pendant que le médecin lui injectait un calmant. Ça n'a pris que quelques secondes. Étendu sur le canapé, Kostia s'est endormi, le corps parcouru de frissons et de sanglots.

Maman s'est affalée dans un fauteuil.

– Pauvre gosse !

Et, d'une voix blanche, elle a raconté ce qui s'était passé. Toujours serré contre moi, Pavka la regardait, les yeux écarquillés.

En fin d'après-midi, grâce à la neige qui était tombée, elle avait fini par retrouver les traces de la Lada de Grigor. Il remontait vers le nord-est de la réserve, hors piste, et avait une bonne heure d'avance sur elle.

Mais maman n'était pas la seule à le suivre. Miss Infinity l'avait également retrouvé et la piste de la tigresse suivait exactement celle du 4 × 4. Que s'était-il passé ensuite ? Maman ne le savait pas exactement. La seule certitude, c'était que miss Infinity s'était attaquée au père de Kostia avec une telle violence que le 4 × 4 avait basculé sur le flanc. Elle s'était déchaînée. Les tôles défoncées. Vitres explosées. La suite, maman l'avait devinée en découvrant le corps de Grigor. La tigresse l'avait sans doute happé par l'épaule. Elle avait tenté de le tirer à l'extérieur et lui avait déchiqueté le bras…

Maman a pris une longue inspiration.

– Il a trouvé la force de se terrer au fond de la voiture. Hors d'atteinte, croyait-il. Mais elle s'est acharnée. J'ai retrouvé l'une de ses griffes prise dans les charnières du hayon. Elle a réussi à lui attraper la cheville. Mon arrivée a dû la faire fuir. C'était horrible. Il y avait du sang partout… Dans la voiture, autour, sur la neige… Ses bottes lacérées, sa parka déchiquetée, même son arme était en morceaux…

Maman frissonnait, les bras serrés autour de sa poitrine comme pour se protéger.

– Il vivait encore. J'ai fait ce que j'ai pu. Posé des

garrots. Coup de chance, le réseau de sécurité fonctionnait malgré la neige. J'ai pu appeler les secours…

Elle s'est arrêtée, à bout de souffle.

– J'ai trouvé ça aussi… Dans la boîte à gants de la Lada.

De sa poche, elle a sorti un papier soigneusement plié en quatre et l'a tendu à p'pa. L'en-tête d'un garage de Tongjiang, juste de l'autre côté de la frontière.

C'était un bon de réservation pour un Toyota Land Cruiser.

Soixante-cinq mille dollars. Grigor avait choisi le haut de gamme.

44

Kovalenko est revenu avec la voiture de maman, le lendemain en fin de matinée. Il était porteur des toutes dernières nouvelles.

Le père de Kostia avait été opéré. Les chirurgiens de l'hôpital de Kashtakova avaient travaillé jusqu'au petit matin et leur pronostic restait « réservé ». Tout son côté gauche, le côté de la portière, le plus exposé aux attaques de miss Infinity était lacéré, déchiqueté, l'épaule et le pied arrachés… L'un des coups de griffes lui avait déchiré la poitrine et ne s'était arrêté qu'à quelques millimètres du cœur. Même s'il s'en sortait, Grigor resterait lourdement handicapé. Une assistante sociale s'occupait de Kostia et tentait de rentrer en contact avec sa mère. Lorsque ses parents s'étaient séparés, elle était partie travailler à trois cents kilomètres au nord du cercle polaire, à Mourmansk, où les salaires étaient meilleurs. Depuis, elle n'avait plus donné signe de vie et personne ne savait si elle vivait toujours là-bas.

Maman a servi une tasse de café à Kovalenko, visiblement mal à l'aise. Pendant un moment, on n'a entendu que le bruit des petites cuillères au fond des tasses et le léger chantonnement de Pavka qui dessinait dans son coin.

– Tu connais la règle, a finalement dit Kovalenko en évitant de croiser le regard de maman. À partir du moment où la tigresse s'est attaquée à un homme, elle doit être abattue.

– Je sais, a soupiré maman. Mais ne compte pas sur moi pour ce boulot.

– Le ministère est prévenu et ils ont déjà réagi, a continué Kovalenko. Un coup de téléphone, ce matin. Le sous-directeur au commissariat fédéral de la protection et de la conservation de la faune veut que ce soit réglé au plus vite. Il attend mon rapport. Tu es responsable de la réserve, c'est à toi de faire le nécessaire. Tu le sais.

– C'est pas à un petit fonctionnaire qui n'a jamais mis les pieds hors de son bureau de me donner des ordres. Il ne connaît rien de ce qui se passe ici. Je ne suis pas payée pour abattre les animaux que je suis censée protéger.

– Je te comprends, Alissa. Mais ne m'oblige pas à mettre ça dans mon rapport. Ça risque de te faire du tort et je ne…

– Si tu savais ce que j'en fais, de ton rapport !

Kovalenko a écarté les bras en signe d'impuissance.

– OK. Je me doutais de ta réponse. Mes hommes se chargeront de l'abattre, mais nous avons besoin de toi pour la localiser.

Maman n'a pas bougé.

– Je veux dire, a insisté Kovalenko, qu'il faudrait que tu me montres tout de suite où elle est. Son collier émet toujours, non ?

– Je suppose que je n'ai pas le choix, a répondu maman.

– Pas vraiment, Alissa.

Elle a allumé son ordinateur, le petit sablier a tournicoté un moment et les coordonnées de miss Infinity se sont affichées : 47° 22' 6942" nord ; 135° 14' 0454" est.

Miss Infinity remontait toujours plus au nord de la réserve. Un chemin presque rectiligne qui se décalait légèrement sur la droite, vers l'est.

Penché par-dessus l'épaule de maman, Kovalenko essayait de s'y retrouver dans les données affichées sur l'écran.

– Et ce chiffre, là, c'est quoi ?

– La distance qu'elle a parcourue depuis hier. Pas même soixante kilomètres. Pas énorme pour une bête comme ça. Elle s'est arraché une griffe en s'attaquant à la voiture de Grigor, elle doit boiter. Elle se déplace plus difficilement.

Maman ne quittait pas l'écran des yeux.

– Ce qui est étrange… a-t-elle commencé.

Un silence.

– Continue, l'a encouragée Kovalenko.

– Ce qui est étrange, a repris maman, c'est qu'elle suive cette direction… Où va-t-elle ? Depuis des mois que j'observe chacun de ses déplacements, elle n'est jamais allée dans cette zone. Elle sort de son territoire, comme si elle filait vers un but précis.

– Ce qui signifie quoi ? a demandé Kovalenko.

– Aucune idée.

Maman a déplié la carte sur laquelle elle reportait les trajets de la tigresse.

– L'attaque contre Grigor a eu lieu ici.

Elle a tracé une croix.

– Et maintenant…

Du doigt, elle a prolongé le chemin suivi par miss Infinity et s'est soudain arrêtée sur un point précis.

– Crétin, a-t-elle murmuré entre ses dents. Abruti !

Kovalenko l'a regardée, estomaqué.

– C'est à moi que tu…

– Mais non ! a grondé maman. Bien sûr que non ! Regarde. Depuis qu'elle s'est attaquée à Grigor, miss Infinity file presque en ligne droite dans cette direction. Et si je la continue, je tombe pile là.

De minuscules rectangles noirs sur sa carte.

– Et là, c'est où ? a demandé Kovalenko en se penchant sur la carte.

– À Krasnyï Istochnik. Le hameau abandonné où vit Timofeï, l'outre à vodka qui est censée me seconder sur la réserve. C'est le dernier habitant du coin. Miss Infinity est toujours à la recherche de ses enfants et il n'y a pas de hasard. Si elle file par là, c'est qu'elle remonte une piste déjà empruntée par Grigor au moment où il s'en est pris à ses petits. Cet abruti de Timofeï est certainement pour quelque chose dans leur disparition. Il a caché leurs dépouilles contre une bouteille de vodka, a servi de contact avec des acheteurs, ou quelque chose d'aussi minable que ça…

Maman s'est redressée.

– Si tu veux mon avis, Kovalenko, Timofeï est le prochain sur la liste de miss Infinity. Si on arrive chez lui après elle, tu auras une seconde mauvaise raison de l'abattre.

Kovalenko prévenait déjà ses hommes par radio.

45

Pavka et moi nous sommes engouffrés dans le Patriot de maman. La neige semblait ne jamais devoir cesser de tomber. Une poignée de minutes plus tard, nous nous sommes arrêtés devant la maison de madame Sniejana.

– Tu es sûre que… qu'elle sera d'accord? m'a demandé maman pour la vingtième fois.

En tout cas, Pavka était d'accord. Il était déjà devant la porte, emmitouflé dans sa parka, son écharpe sur le nez et le bonnet de travers. C'est lui qui a frappé à la porte. Madame Sniejana a ouvert presque aussitôt, comme si elle guettait notre arrivée. Elle a levé les yeux vers maman, qui a rougi comme une gamine.

– *Dobry den**. Je voulais vous demander si... enfin... Avec toute cette neige, Andreï est parti travailler et je dois... Enfin, il y a un problème avec une... Et je... je sais pas pour combien de temps je...

Pavka s'était déjà glissé chez madame Sniejana.

– On se connaît bien, ton petit et moi, Alissa. Il a un gros avantage sur toi, tu sais ? Il est infiniment moins empoté.

Maman a viré au cramoisi. Je m'agrippais à mon siège. Hors de question que je reste avec Pavka. Même si je devais assister à la mise à mort de miss Infinity, je voulais être là. « Quand tu connais la taïga, tu connais tout de la vie. » J'avais déjà ma réplique toute prête pour maman. Mais comme si elle avait deviné mes pensées, elle a ajouté :

– Felitsa reste avec moi... Ça... ça ne vous dérange pas ?

– Mais je l'avais bien compris, Alissa. Faites attention à vous.

Jamais je n'avais vu maman conduire aussi brutalement. Comment faisait-elle pour ne pas sortir de la piste avec toute cette neige ?

* Bonjour.

Le nez collé à la vitre, les mâchoires serrées, maman tentait d'apercevoir la piste. Elle roulait si vite que, même avec les quatre roues motrices, l'arrière du Patriot chassait dans les virages. Maman jurait tout ce qu'elle savait. Elle contrebraquait, changeait sans cesse de vitesse. La boîte craquait, le moteur hurlait, mais elle parvenait toujours à redresser.

– Merde de merde ! On n'y arrivera jamais.

Les Rolling Stones nous accompagnaient. Malgré la sono poussée à fond, c'est à peine si on les entendait par-dessus les grondements du moteur. De temps à autre, on heurtait un tronc, la carrosserie résonnait comme si on lui avait flanqué un coup de marteau. Mais maman s'en moquait. Rien ne l'aurait arrêtée.

On a roulé comme ça pendant plus d'une heure, accompagnées en boucle par Mick Jagger. Le dernier accord terminé, maman remettait la première chanson.

Ce n'est qu'en arrivant à proximité de Krasnyï Istochnik qu'il a fallu ralentir. Le chemin était si étroit que les branches des arbres frottaient de chaque côté. Les roues s'enfonçaient jusqu'aux moyeux et des paquets de neige s'écrasaient sur le toit avec des bruits mous.

– On y est presque, a fait maman, la voix oppressée.

On a encore roulé quelques mètres. Jusqu'à ce que retentisse le rauquement exaspéré de miss Infinity.

– *Svolotch !* Elle est arrivée avant nous. On arrive trop tard.

Elle s'est tournée vers moi.

– Tu ne bouges pas de la voiture ! Et cette fois, pas de discussion.

Elle a emboîté un chargeur dans sa carabine et ouvert la portière le plus doucement possible.

– Ne bouge pas, a-t-elle répété. Quoi qu'il arrive. Quoi que tu entendes.

Elle s'est éloignée sous la neige tandis que les Stones reprenaient *Just My Imagination** pour la énième fois. Je les avais assez entendus. Au moment où j'ai éteint le lecteur CD, le rugissement de miss Infinity a de nouveau explosé avec la même fureur que quelques jours plus tôt. Maman avait disparu, la neige recouvrait ses traces. Elle était seule. Et j'étais aussi seule qu'elle, hors d'haleine, comme si je sortais d'un effort exténuant. J'ai mis les essuie-glaces en marche,

* Album *Some Girls*.

le pare-brise s'est dégagé, j'ai nettoyé la buée et, l'espace d'un instant, j'ai tenté de percer le rideau impénétrable des mélèzes noyés de neige. En vain.

Maman ne revenait pas. Les sens en alerte, je guettais les moindres signes de son retour.

46

Un bruit de moteur m'a fait sursauter. Derrière moi, sur le chemin. À travers la lunette arrière à demi obstruée de neige, j'ai reconnu l'énorme 4×4 du lieutenant de police Kovalenko.

– Où est ta mère, petite ? Elle n'y est quand même pas allée seule ?

Sans attendre, Kovalenko a filé vers la cabane de Timofeï, suivi de six types armés jusqu'aux dents et habillés de treillis de camouflage blancs, comme pour une opération militaire.

Ils n'avaient pas fait trois pas que le rauquement de miss Infinity les a cloués sur place. Je me suis recroquevillée sur mon siège, glacée jusqu'aux os. Où était maman ?

À travers le pare-brise, j'ai vu Kovalenko donner

des ordres. Les policiers ont disparu entre les arbres exactement comme si la neige les avait absorbés. Seuls leurs mouvements les trahissaient de temps à autre. Je les ai suivis des yeux jusqu'à ce que je ne distingue plus rien.

L'attente, de nouveau. Le silence et le bruissement de la neige sur les branches. Maman a soudain surgi d'entre les arbres. Aidée par Kovalenko, elle soutenait un homme inconscient. Je me suis précipitée.

– Dans le deuxième véhicule, a soufflé Kovalenko. Sur la banquette arrière. Ouvre la porte.

À eux deux, ils ont étendu Timofeï sur le siège et l'ont recouvert d'une couverture. Le vieux bonhomme a entrouvert les paupières et m'a jeté un regard embué.

– Il est blessé ?

– Tu parles ! a ricané maman. Il est saoûl comme une barrique, oui ! Il y a un dieu pour les ivrognes. Et pour les tigres aussi. Les petits sont vivants. Enfermés dans une cage. Grigor les a planqués ici en attendant de leur faire passer la frontière. Il voulait certainement les vendre vivants. Timofeï devait les garder et les nourrir en attendant… Miss Infinity est comme folle, elle a saccagé la cabane de Timofeï sans même s'en prendre à lui. Tout ce qu'elle veut, c'est libérer ses petits. Les retrouver…

– Ça ne change rien, Alissa, a fait Kovalenko.

– Ça ne change rien à quoi ?

– Les ordres restent les mêmes. Elle s'est attaquée à un homme, il faut l'abattre.

– Mais tu n'as que cette idée-là en tête ! Ce type était un salaud, un hors-la-loi, et c'est sa victime qu'il faut tuer.

– S'il te plaît, Alissa, a soupiré Kovalenko. Ce n'est pas le moment. Mes hommes se sont déployés, ils vont…

Un rugissement furieux l'a interrompu. Il exprimait une telle rage que Kovalenko a sursauté.

– On discutera après.

Maman et Kovalenko ont filé ensemble vers la cabane de Timofeï. Personne ne faisait attention à moi. Je les ai suivis.

47

De loin, j'ai aperçu miss Infinity se ruer sur la cage. Malgré sa blessure à la patte, elle se précipitait sur les barreaux de toute sa masse, elle les griffait, les mordait, les attaquait comme s'ils avaient été vivants. Elle rugissait de fureur devant sa propre impuissance à libérer ses petits, alors qu'elle pouvait les voir, les entendre, les sentir… Elle reprenait son élan et fonçait sur eux avec une force décuplée par la rage. À chaque coup, la cage vacillait, les montants s'entrechoquaient, les barreaux se déformaient, mais elle ne s'ouvrait pas.

Miss Infinity semblait totalement ignorer la présence des humains qui l'observaient à distance.

Les hommes de Kovalenko se sont répartis en demi-cercle. Blancs sur blanc. Rien que des tireurs d'élite armés de fusils de précision, capables de toucher n'importe quelle cible à plusieurs centaines de mètres de distance. Miss Infinity était à trois ou quatre cents mètres des plus proches. Ils pouvaient l'atteindre et n'attendaient que l'ordre de leur supérieur pour tirer.

Kovalenko et maman se tenaient en retrait, la radio de Kovalenko crachotait.

– Dis-leur d'épargner les petits, a grondé maman.

– Si c'est possible, ils le feront.

– Non! Ils doivent le faire quoi qu'il se passe. Je suis responsable de la réserve et c'est un ordre.

– Je ne peux rien te promettre.

Les rauquements de miss Infinity ont soudain redoublé.

Kovalenko a donné un ordre par radio. Pas à pas, quelques-uns de ses hommes se sont encore rapprochés de miss Infinity, l'arme à l'épaule, le doigt sur la détente, prêts à tirer.

Pour la première fois, miss Infinity a semblé s'apercevoir de leur présence. Elle s'est tournée vers eux, a poussé un bref feulement et a battu l'air de ses pattes avant, comme pour chasser une bête importune.

L'officier ne lâchait pas sa radio.

– Je l'ai en ligne de mire, a murmuré une voix nasillarde dans la radio. J'y vais?

– Les petits ! Attention aux petits ! a fait maman.

Tout juste si elle n'a pas arraché le micro des mains de Kovalenko.

– Merde ! a chuchoté la voix. Trop tard. Elle a bougé. Avec cette saleté de neige, on n'y voit rien.

– On attend encore, a ordonné Kovalenko.

Miss Infinity s'était de nouveau ruée sur la cage. De l'autre côté des barreaux, les petits se collaient à elle, tentaient eux aussi d'agripper les barreaux à pleine gueule et d'en venir à bout. Ils feulaient comme leur mère, crachaient, poussaient des rugissements de bébé. Miss Infinity a reculé pour prendre une nouvelle fois son élan avant de se ruer sur la cage.

Kovalenko a plissé les yeux. La neige l'empêchait de bien voir.

– Maintenant ! Tire !

J'ai senti maman se contracter. C'était fini. J'ai fermé les yeux, incapable d'assister à ça.

Rien. Pas de coup de feu. Juste le crachotement de la radio et le bruit de nos respirations...

– Mais tire, bon Dieu ! s'est agacé Kovalenko. Qu'est-ce que tu fous ?

– Y a un gosse, a répondu la voix. En plein dans la ligne de tir. Impossible de l'éviter.

– Un quoi ?

– Un gosse, je te dis. Un gamin. Il va droit vers les petits.

Une petite silhouette avançait sous la neige en direction de la cage. Je l'aurais reconnue entre mille.

– Pavka ! a hurlé maman.

Kovalenko l'a retenue.

– Ne bouge pas. Ça ne ferait que précipiter l'attaque de la mère. Qu'est-ce que c'est que ce merdier ? Qu'est-ce que ton gosse fout ici ?

– Laissez faire, a grommelé une voix rauque. Il est venu avec moi. Tout va bien se passer.

Madame Sniejana était à côté de nous, adossée à un tronc, les yeux mi-clos, essoufflée d'avoir marché dans la neige.

– Mais qu'est-ce que vous fabriquez là ? a glapi maman. Vous deviez vous occuper de Pavka ! Vous vous rendez compte que…

– Chut ! On s'engueulera plus tard. Regarde…

Elle a posé la main sur l'épaule de maman.

Pavka avançait toujours en direction de la cage. Empêtré dans la neige qui lui montait jusqu'aux genoux, il progressait pas à pas, perdait parfois l'équilibre, se relevait, repartait. Miss Infinity s'était figée, les yeux rivés sur cette minuscule silhouette. Ses feulements se sont transformés en un grondement grave, régulier, continu, qui roulait jusqu'à nous.

– Personne ne bouge, a murmuré Kovalenko dans sa radio.

J'ai serré la main de maman. On a entendu une voix qui chantonnait. Dans leur cage, les petits tigres paraissaient écouter tout à la fois le chant de Pavka et les grondements de plus en plus atténués de leur mère.

Pavka a atteint la cage. À quelques dizaines de mètres de là, à demi masquée par la neige, miss Infinity s'est tassée sur elle-même. Son grondement n'était plus qu'une sorte de ronflement qu'elle modulait du grave à l'aigu. Maman me broyait la main.

De nouveau, la voix de Pavka s'est élevée.

Quelque chose qui ressemblait à *Prizolot*, un mélange de mots comme lui seul en avait le secret.

Puis un grincement. On a deviné que Pavka venait d'ouvrir la cage. Les deux petits se sont bousculés pour sortir et ont foncé vers leur mère. Leurs jappements se sont mêlés à ses grondements.

– Reviens, Pavka, reviens maintenant, a murmuré maman comme s'il pouvait l'entendre.

Mais il regardait tout à fait ailleurs. En direction de miss Infinity. Il a fait quelques pas vers elle.

Tout a semblé s'arrêter.

La neige a soudain cessé de tomber. Les arbres se sont figés. Plus un crachotement dans la radio de Kovalenko. Plus un souffle, plus un bruit, plus un mouvement. Même les grondements de miss Infinity et de ses petits se sont tus. On retenait nos respirations. Seul Pavka continuait à avancer. Seul son chantonnement troublait le silence qui nous enveloppait comme une coquille. *Prizolot, prizolot, prizolot…*

Les stranniki étaient là. Les esprits de la taïga. La taïga se taisait à leur passage tandis qu'ils voyageaient sur le dos d'Amba, le seigneur tigre. Et le seigneur tigre, aujourd'hui, c'était miss Infinity.

Pavka continuait à avancer vers elle comme si de rien n'était. Personne ne bougeait. Les militaires eux-mêmes semblaient pétrifiés par ce petit bonhomme qui marchait tranquillement vers cette redoutable masse de muscles, de griffes et de crocs. Pavka est arrivé à portée de main de la tigresse et de ses petits. Il a arrêté de chantonner et le silence est devenu presque insupportable. Trop profond pour nos oreilles.

De loin, on a vu Pavka poser la main sur le cou de miss Infinity. Elle s'est laissé faire, sans même un mouvement de recul. Il m'a semblé qu'il lui chuchotait quelque chose à l'oreille. Et puis, sans aucune précipitation, avec des gestes très calmes, précis, il a ôté le collier émetteur de son cou et l'a jeté dans la neige. La miss s'est ébrouée, comme pour chasser un mauvais souvenir, et elle s'est éloignée en boitillant, suivie de ses deux petits.

La neige s'est remise doucement à tomber et les branches à se balancer sous son poids. La radio du lieutenant Kovalenko a crachoté. Un feulement a retenti, déjà lointain.Il n'est resté que les bruits de la forêt un jour d'hiver : le vent du nord à travers les mélèzes, le murmure ouaté de la neige, le sifflement d'un bruant qui s'envole.

– Pavka !

Avec maman, on s'est précipitées vers lui. Il nous a regardées, le visage fendu d'un immense sourire.

48

Quelques coups frappés à la porte. Kovalenko est entré sans qu'on l'y invite, il a ôté ses bottes, secoué sa parka trempée de neige et tendu à maman une liasse de feuilles.

– Tiens, c'est mon rapport. En tant que responsable de la réserve, tu dois le cosigner.

Elle a mis de l'eau à chauffer pour un café.

– Pas envie de lire toute cette paperasse. Résume. Qu'est-ce que tu as écrit ?

– La vérité.

Maman l'a regardé, catastrophée.

– Ne me dis pas que tu as parlé de…

– J'ai dit la vérité, Alissa, a interrompu Kovalenko. Rien que la vérité, mais pas toute la vérité.

Maman a poussé un soupir de soulagement.

– Par exemple…

Kovalenko a feuilleté son rapport.

– Qu'il n'a pas été possible de retrouver l'animal à cause des chutes de neige exceptionnelles de ces derniers jours, mais qu'il est blessé... Bref, je laisse entendre qu'il est en mauvais état.

– Mais c'est faux, a fait maman.

– Non, miss Infinity est réellement blessée à la patte. Tu l'as dit toi-même.

– Elle s'est arraché une griffe. C'est certainement très douloureux, mais il en faudrait mille fois plus pour tuer un animal comme ça. Dans deux semaines, elle marchera normalement, tu le sais très bien.

– Oui. Moi, je le sais. Toi aussi. Mais monsieur le sous-directeur au commissariat fédéral de la protection et de la conservation de la faune n'en saura jamais rien. Il neige, il fait froid, tu n'imagines tout de même pas qu'il se déplacera jusqu'ici pour vérifier. Il va recevoir un gros rapport sur son bureau, bien épais, avec beaucoup de mots et de détails inutiles, ça suffira à son bonheur.

Maman a éclaté de rire. Elle a rempli deux tasses de café et a continué de parler avec Kovalenko.

Moi, j'avais interdiction de bouger: Aleksandr terminait mon portrait. Il était arrivé à la maison quelques minutes avant Kovalenko et j'avais d'abord refusé. L'idée même de poser alors que maman était là me semblait impossible. Mais Aleksandr avait alors pris un air si dépité que maman elle-même avait finalement insisté pour que j'accepte.

Je regardais par la fenêtre. L'odeur du café emplissait la pièce et, dehors, la neige n'en finissait pas de tomber. Des cristaux fins comme des aiguilles qui, par moments, crépitaient contre les vitres. Quelque part dans cette tourmente, p'pa déblayait la route. Il n'avait pas dû dormir plus de cinq ou six heures en deux jours.

Devant chez nous, le chemin avait disparu. Un peu plus haut, ensevelie sous les congères qui atteignaient presque le toit, la maison de Klara ressemblait à un igloo. Plus loin encore, j'apercevais l'école. Il fallait un œil exercé pour deviner malgré la neige que la lumière était allumée. Madame Sniejana préparait sa classe pour la rentrée.

Dans ma chambre, tout était également prêt pour le lendemain, le jour du grand départ à Kashtakova : un sac de vêtements, un autre avec mes affaires de classe et quelques livres empruntés à madame Sniejana. J'avais réussi à la convaincre de me prêter *L'éternité minuscule*, son recueil de poèmes. Elle me l'avait tendu en grommelant que je perdais mon temps et avait pris soin de conserver la photo prise au camp.

Je l'avais ouvert au hasard.

Il ne fera plus jamais nuit.
Plus jamais jour non plus.
Ton souvenir s'enlise
Et ton nom gravé
Sur les dalles gercées de mousse
S'éloigne désormais sous la pluie méticuleuse.

Je n'y comprenais pas grand-chose. À vrai dire, je n'y comprenais même rien, mais j'aimais ces enchevêtrements de mots. J'avais l'impression de les entendre se frotter les uns aux autres comme des galets.

P'pa avait prévu de nous accompagner le lendemain à Kashtakova. Il nous déposerait, Roksanna et moi, à la vyschaia chkola n° 11, et Aleksandr à la n° 8, de l'autre côté de la ville. Le mystère de son affectation dans une autre école supérieure était éclairci : sans rien en dire à personne, madame Sniejana avait insisté pour qu'il entre dans une section artistique que seule la vyschaia chkola n° 8 proposait.

Kostia ne serait pas du voyage. Son père était toujours entre la vie et la mort, et il partait dans deux jours rejoindre sa mère à Mourmansk.

Sur la vitre, j'ai aperçu le reflet de Pavka. Il dessinait, Karitch couché à ses pieds comme une énorme peluche. Le grattement de ses feutres sur le papier allait me manquer. Depuis hier, il couvrait des feuilles entières de tigres qui semblaient flotter en plein ciel. Parfois, chevauchant l'un d'eux, on reconnaissait le mari de madame Sniejana, avec son éternelle barbiche et ses lunettes. Juché sur le dos du seigneur tigre, Viktor Vissarionovitch semblait planer très loin d'ici, au-dessus de la taïga, bien au-dessus du monde.

NOTE DE L'AUTEUR

Comme toujours dans un roman, l'imaginaire frôle de près la réalité et y fait quelques emprunts.

La géographie d'*Un monde sauvage* n'échappe pas à cette règle. Sobolonié, le village de l'Extrême-Orient sibérien que John Vaillant met en scène dans son magnifique récit *Le Tigre** est ici devenu Slobodnié. J'espère qu'il saura me pardonner ce larcin.

Par ailleurs, s'il est possible de longer les berges boueuses de l'Amour ou de déambuler, emmitouflé dans un épais manteau, le long des rivages glacés de Mourmansk, il est inutile de chercher sur une carte la ville de Kashtakova ou la réserve de la Verkhsnaya. Toutes deux ne sont que des « lieux de papier » auxquels seule l'imagination des lecteurs donnera une certaine consistance.

* *Le Tigre*, de John Vaillant (Libretto).

Du même auteur à *l'école des loisirs*

Collection MÉDIUM

Marie Curie : elle a découvert l'énergie nucléaire
Maestro
Il va y avoir du sport mais moi je reste tranquille
(recueil de nouvelles collectif)

Collection M+

L'homme du jardin
Les yeux de Rose Andersen
Be safe
L'attrape-rêves
Itawapa
L'oasis
Fils de guerre
Le Fils de l'Ursari

Cet ouvrage a été achevé d'imprimer
sur Roto-Page
par l'Imprimerie Floch à Mayenne
en juillet 2021

N° d'impression : 98590
Imprimé en France